海外华文精品书系

回望

李硕儒 著

中国华侨出版社
·北京·

图书在版编目（CIP）数据

回望 / 李硕儒著. -- 北京：中国华侨出版社，2024.1

ISBN 978-7-5113-9035-6

Ⅰ. ①回… Ⅱ. ①李… Ⅲ. ①散文集－中国－当代 Ⅳ. ①I267

中国国家版本馆 CIP 数据核字（2023）第 108819 号

回　望

著　　者：李硕儒

责任编辑：桑梦娟

经　　销：新华书店

开　　本：710 毫米×1000 毫米　　1/16 开　　印张：15　　字数：179 千字

印　　刷：北京中弘印刷服务有限公司

版　　次：2024 年 1 月第 1 版

印　　次：2024 年 1 月第 1 次印刷

书　　号：ISBN 978-7-5113-9035-6

定　　价：59.80 元

中国华侨出版社　　北京市朝阳区西坝河东里77号楼底商5号　　邮编：100028

编缉部：（010）64443056-8013　　传　真：（010）64439708

网　　址：www.oveaschin.com　　E-mail：oveaschin@sina.com

如发现印装质量问题，影响阅读，请与印刷厂联系调换。

自　序

　　岁月倥偬，匆匆已至暮年。回望已往，人生路不知走过多少风霜雨雪，写作路不知遭过多少坎坷泥泞，但若让我重新选择，还会痴心不改，重走文学路。因为她醉情，汇心，阐哲，释理，尽性，在追寻与探索中美不胜收，在失败与成功中柳暗花明，她无时无刻不醉幻着自己，她若明若暗共语着他人。

　　写过小说，写过影视剧，写过散文、随笔、评论、新旧体诗，有过失败和成功，遇过冷清和热闹，到了今天，却越来越以写散文、随笔为快，因为她不会漏过任何刹那的灵动感知，不会落下任何转瞬即逝的哲思隽想，信笔写来，连缀成章，即是岁月之痕，尘心记趣，它们也许瑕瑜互见，但联成一体，或许就是一串不错的珍珠。

　　回望的是岁月，岁月缘于生命，生命的经历、感怀、喟叹岂能无情无声？于是，感奋的、激越的、悲怀的、惆怅的、诗情诗韵哲思幻彩的……陆续记下，便为此书。此为序。

2023 年 5 月

目　录

心与情

回 望

文与思

人与魂

心与情

过阴山

> 阴山长默默，从未问喜悲，阅尽人间千古事，
> 亘古不上眉。　　昔年多磨难，塞外九年归，几
> 向山翁诉苦乐，山岩黄绿回。

　　这是我历尽人生，数过阴山的感受。1966年初夏，红卫兵尚未上街，可学校校园里却已开始批斗老师，入夜，常常听到从校园中传出的口号声、鞭打声。就在此时，我接到当时供职的中国第一大报下放我去内蒙古杭锦后旗的调令，要告别长于斯、成于斯的北京，告别已近老年的父母、尚未长大的弟弟妹妹和知我爱我的亲朋好友，我还是人生第一次感受到那种撕心裂肺无以言状的感觉，可调令即命令，何况是在那样的年代！于是，6月初，一个阴雨绵绵的早晨，拗不过非要送我远行的父母和小妹，我们一起来到北京站。我那年26岁，家中长子，"文革"岁月中，远行塞外，父母心中滋味他们自己也说不清。只记得到站台后，父亲又匆匆买来一兜水果让我在车上吃，嘱咐我别惦记家里；母亲则眼汪泪珠，说不出话。随着开车铃声，我快步跨上火车踏板，在火车徐徐开动中，只见母亲身子摇晃了一下，我急忙做手势，但已来不及下车，幸亏一位匆匆赶来送站的朋友见我的手势后扶住了她。车行加速，再看不到刚刚告别的一切，我再也抑制

回望

不住自己，只能跑入厕所，痛痛快快地放声大哭一场……

走入硬卧车厢，喇叭里播放完大分贝的乐曲《东方红》后，开始播放郭沫若的检讨书，他说他的一切著作都是毒草，都应付之一炬，之后，又一番痛心疾首……这倒让我平复下来，学界泰斗、人大常委会副委员长尚且如此，何况我等！心绪颠荡中，我竟迷迷蒙蒙地进入杂乱梦乡……

列车也如入梦般叮叮咚咚西行，待我睁开眼睛向外望时，光线已经暗淡得只剩一线夕阳。夕阳淡抹着北面辽远连绵的群山，因为辽远，看不清它的险峻，却依然能感受到它的粗粝、冷漠和阴冷，我知道，这或许就是久已闻名的阴山了，"但使龙城飞将在，不教胡马度阴山"，王昌龄的诗句蹦入眼前。其实，不止盛唐时的人怕胡马，早在两汉时期，人们就已惧他三分，这才有西汉时的王昭君出塞嫁匈奴单于呼韩邪，东汉时蔡文姬被掳嫁匈奴左贤王……因想到，就在我的脚下，也不知曾有过多少剑戟厮杀、血光飞溅、战火狼烟……历尽人间大悲大喜的阴山岂会为区区某人的悲喜动容！我咽下欲向它倾诉的冲动，合上眼睑，重新倒在卧铺上。

……梦魇在凉冷中惊醒，睁开眼睛，几位身背帆布背包、包中装着锤子、凿子的人正从过道走过，心想，这应该是地质勘探队员了？地域辽远，应该有矿，掀开窗帘，晨光朦胧中，阴山已经远去，除偶尔出现的稀稀散散几处低矮泥屋外，到处一片灰黄，灰黄的屋，灰黄的路，灰黄的原野……太阳出来后，到了我的终点站临河。我推起箱子行李，先去也是由几间土屋扩充起来的长途汽车站，坐上长途公共汽车后，直奔远离铁路30千米外的杭锦后旗旗府陕坝，一程程远离铁路线，再听不到火车的长鸣和喘息声，心上升起又一重荒凉和辽远。

　　几年后，在这片塞外荒原中，我找到了友谊，找到了自己，找到了爱和家庭，并且迎来了一双儿女。因为担心塞外荒寒，父母决定他们的孙子孙女留在京城由他们抚养，可他们毕竟已入老年，远在陕西的大妹的女儿更小，也由他们抚养。为减轻老人的负担，那年春节回京时，我们还是坚持将已经长到两岁的儿子带回内蒙古。未料，自幼体弱的儿子抗不住塞外春寒，不到两个月，就由感冒转至肺炎，于是住院，输液。那时我已入当地报社，有了些人脉，于是动用了各方朋友、关系医治，却仍是高烧不退，无奈中，只能携妻带子连夜回京。儿子仍在高烧，上车后我求助列车长，车长立即广播，一位热心的女医生闻声而至，一直坐在身边按住儿子的脉搏。她说看病相，孩子怕熬不到北京，建议我们在呼和浩特下车急救。沉沉暗夜，我望向窗外的阴山，几乎是以祈祷神灵的虔诚，希望它能给我们些生机，可夜色中的它除了默然、冷峻，再无别的表情。

　　晨光熹微中，车停呼和浩特站台，我急忙跑向站台的公用电话，电话求助这里的好友、当时活跃于文坛的诗人张之涛。他安慰我别着急，他会马上给他供职于内蒙古医科大学附属医院的医生朋友打电话，并要我们直接搭车去那里找那位医生。真是好友胜神仙，我们遵嘱而行，儿子很快进了急诊室，可却出了具传染性的水痘，那位医生立即为儿子开了单人病房输液。她并且安慰我们说，别急，没大危险，如果能够退了烧，我们当晚就可以带孩子乘夜车回北京，到京再彻底治疗。这无异于一副暂缓安神剂，看着病床上儿子平静地输着药液，看着须臾不离、护在儿子身边的妻的背影，我才意识到她已经两夜未眠，她本性少言，被愁苦压倒的她更加无话。她瘦削的不时抖动的肩告诉我，时进四月，病房已无暖气，可塞外春寒不下严冬，她这个生于北京、长于北京、"文革"中毕业于北京某大学的弱女子怎能经受得起这种忧患中的春寒！我为她披上一件外套，告诉她，我要造访之涛，请他代我们敬谢他的医生朋友。

之涛妻是内蒙古歌舞团的女中音歌唱家，家住歌舞团大院里。走入已现绿叶青草的院中，不时传来各色琴声，我无心欣赏春色和琴声，当我见到之涛领着他也正两岁的二女儿，那女孩的花色衣装、晶亮的大眼睛，顿时想到也值两岁、仍躺在病床上吉凶难测的儿子时，我再也控制不住自己，竟然泗泪横流地失声痛哭起来……之涛抚慰着我，让我别着急，说他马上随我去医院。是友情，是医药，黄昏时刻，儿子果然退了烧，经医生同意，我们搭上了前往北京的夜车。夜色中，俯身窗外，绵绵阴山，仍是沉默朦胧，但它沉默得坚实，朦胧得美幻可感，犹如塞外的朋友和友情，无论政界、学界、艺术界的朋友，无论地位如何升迁，境遇如何沉浮，都一样地少语中见真诚，万变中见不变。阴山，在我的感觉中增添了一缕温厚和亲近。

晨光暖照中，我们走出北京站。此时，父亲和小妹已经等在出站口，父亲一见他病中的大孙子，一把抢入怀中，晨风掀动着他花白的鬓发，眸中闪亮着他欲出的泪痕。他定定地看着双目紧闭的长孙，停了停说，先不回家，直接送北大医院，先请我的医生朋友周国维帮忙住院救治。父亲从来机敏果绝，儿子住院两周后健康出院，从此，爷爷奶奶再不准孙子离京。

斗转星移，当年年轻的我已至耄耋之秋。应内蒙古朋友之约，我和当年内蒙古老友、如今著名美术评论家贾方舟决定从北京至包头再去巴彦淖尔，会老友、温故地，两地重游。不见老友，不知自己有多老；不温故地，难料变化有多大！我们下榻包头东河区。东河区，当年来时，这个山西乔家在此开发的遗迹尚在，那窄街小巷、那巷中庭院、那街边店铺……虽在岁月剥蚀中已显破败，透过破败的遗存，却还能想象出当年的样貌，如今再来，却如铲平旧城建新城：绿荫掩映的宽阔马路，高楼林立的花园小区，马路上飞驰的各类轿车……旧迹尚存的唯有原来的寺庙、道观，还有已被铲平的乔家当年发迹处矗立的各样雕塑：驼队、马车、坐在铁匠炉前抽着长柄烟袋的工匠……

变化更大的是老友，当年一位位雄姿英发的青年已经老态各异：白发或脱发的头，佝偻或发福的腰，不变的是友情，或仕途，或文坛，或艺坛，虽已各有建树，但老友重逢的友情却似被岁月过滤得更纯净，被苦难凝结得更坚牢。本想继续西行巴彦淖尔，却传来那边突发疫情的消息，于是我们决定当日返京。

那是个下午，我们坐上东归的列车。方舟半晌不语，原来他早已调整好手机，面对风一样闪过的阴山不辍地拍摄，我明白，也许，他也同我一样，正在今日阴山和昨日阴山中组接跳荡、剪辑拼合……从画家到美术批评家再到现代美学研究家，他从来慧眼烁烁，极善取景、构图，直至审美升华。当年，将我从巴盟晋剧团的编剧调往巴彦淖尔报编副刊是他的取景、构图，将我与妻剪辑成一家的也是他和他的妻……他果然拍摄出一幅幅各呈色彩的阴山：黑褐色险峻阴沉的阴山，灰白色粗粝带杀气的阴山，赭红色慈蔼微笑的阴山，青绿、嫩绿、豆芽绿的孩童色的阴山……我们咀嚼着，回味着，吟哦着，这色彩变幻的阴山真像一位历史老人，正吟唱着这片古远荒原的历史，从史前到开蒙，从争战到开垦，从匈奴到鲜卑，从成吉思汗到努尔哈赤……历尽人间变幻的它已经不擅表达悲喜，只能用山色的变化诉说它的喜与恶、欢与悲，至于我们的命运、遭际和悲喜，这历史长河中的一点微波，它又如何顾及得来……

回　望

平常日子

　　按季节，刚过夏至，尚未数伏，可北京今年气候却大有异，今天气温高达 37 摄氏度，明天一阵风雨，又降为二十几摄氏度，但天气闷又湿，还是满身淋汗。我还是黄昏吃饭，之后必去散步——为了看看花和树，看看河和水，看看同样走路的人……

　　跨过北二环路，沿护城河西行，照样做过一套自设的体操后，坐在亭下休息。未久，一辆半旧老人车缓缓驶来，缓缓停在廊前，细看，是老头儿开车，老太太坐在后面，车停下，良久未动，我正疑惑，后门缓缓开了，先是一根拐杖落地，继而，一只眼睛缠着纱布的老太太颤巍巍走下车来，正要上前扶她，前面车门开了，于是我缩回刚要上前的脚，可开门出来的老头儿并未过来，而是朝亭外院落走去，自顾活动腰腿了。此时，老太太已挫步坐于亭下，因暗想，国人讲究含蓄，这或许就是这对老夫妻相处多年的习惯？可对那老头儿的冷漠疏淡，我还是心有戚戚……

　　老头儿走入凉亭，虽对老伴儿还是不闻不问，对我却微笑点头致礼。我自不能怠慢，欠身招呼说：您也住在附近？

　　他笑着挥挥手：就在桥头。

　　安定门？住多久了？

　　拽着皇上的尾巴进的京。他笑着，辨不清是骄矜，还是落寞。

至少有三代了，从哪里进的京？

东北。

噢，是旗人，住的自家院子？反正没事闲聊，我想知道些自家附近的历史、掌故。

他嘿嘿一笑：自家院子？早卖了……进京那会儿，有个大院子，皇上不准我们做买卖，每月发钱粮，有吃有住有钱花，你就待着吧。

那……也无聊……

不介，有事干，让练武……

噢，打起仗来上战场，养兵千日，用兵一时？去哪儿练哪？

院儿里，街口儿，去教场领钱粮的时候要射几下箭，他讪笑几声：射多远都行，都有钱粮……

那……

跟您说吧，后来养得什么本事没有，就会提笼架鸟、养蝈蝈儿、逗蛐蛐儿……改朝换代后没得吃，只好卖了大院卖小院，最后住公房……他望望河对面：看如今多好看，到处是高楼绿柳……

从前呢？

他胳膊一挥：河对面到处是冰窖、粪场、坟场，他朝东一指：看见了吧，从地坛南门往西，到处都是插着白十字的教堂墓地……阴森森的。

这条小河是不是当年的护城河？

没错儿，这北二环就是当年的北城城墙，中间还有一条环城铁路。

记起来了，我刚来北京的时候还有，但没坐过那火车。

最早有客车，后来就只是运货，给城里人运煤，运粮……

我推想，老先生所说的或许就是北京解放前夕，解放军入城、驻守北京的傅作义时代？我们热闹地聊着，老太太却自始至终未发一言，这对老夫老妻之间也没任何交流，心想：也见过旗人家庭，并不家家如此，这也许是他们的惯常家风？

人生处处皆学问，总想找些我家前后的历史遗存，一席闲话捡回不少被人遗忘了的片段。看着护城河各处的杂花、野花，不禁被它们的千姿百态吸引，告别了这对老夫妻，禁不住拍花拍草。真想找一位行家问清各花各草的名称来历，可惜，虽走路锻炼者众，都不像这方面的行家，虽有遗憾，还是情丝缕缕，因赋道：

护城河畔非林园，杂花放浪更斑斓。

最是新竹栏廊外，闲坐忘归亦非禅。

乡远情更切，无日不思归

　　"独在异乡为异客，每逢佳节倍思亲。"难怪王维的佳句流传千年，几乎人人倒背如流，因为他写人的感情丝丝入微，已经到了众心一脉之地了。长居海外，何况"独在"，哪管是阖家俱在，也逃不脱"异客"之感，特别逢到"佳节"，那种"高咏楚词酬午日，天涯节序匆匆"之感、之思，更是萦心萦怀，拂也拂不去的。

　　旧金山是移民之城，崇尚多元文化，什么西方节、日本年、爱尔兰节、中国节……都过，除西方的圣诞节、感恩节外，中国年最热闹，什么仪仗、花车、舞龙几乎游遍全城，好几年，那位黑人市长威利·布朗也登上花车与民共游行、同庆祝，斯坦福大学和伯克利大学的花车更是年年比拼……到了中秋节，华人们家家去中国城买月饼，夜晚，佐以美酒、月饼赏月思乡；端午节则不同，凡能自做粽子者，大多自做自包，包入自己的乡情和口味。那时岳母尚在，她的七个儿女四家在旧金山，几乎家家自包，然后，三十多口的大家族聚在一起，共赏各家的不同口味，倒也其乐融融。

　　越是眼前热闹，我的心越坠入文天祥"风雨天涯芳草梦，江山如此故都何"的诗句中：

　　……往往的，意绪飘忽，回到从前，我幼时的故乡。农村少热闹，更重四时节，孩子虽不懂，却更加新奇兴奋。每到端午节，当我听着鸡鸣声早早爬起来时，见母亲已在各个门楣处插上绿莹莹散发着清香的艾草。我问为什么，母亲说"为避邪、驱邪"，之后，总要为我在衣服前襟处坠上一个用五色丝线编织的荷包。

我问：这么好看，哪儿来的？

我为你编织的，母亲笑着问：好看吗？

好看，我举起来闻闻，还有一股清香味。

不是为好看好闻，吃过饭，你戴着它去后面小河边洗洗眼睛，会一年不害眼病。母亲谆谆叮嘱。

我答应着，这时，锅灶里已飘出一股粽香味，红枣伴糯米的香。我看着母亲，她眼里已布满血丝：妈，你又一宿没睡吧？

母亲笑说：过节嘛。之后就教我跟她背诵：五月五，是端阳；吃粽子，挂香囊；门插艾，香满堂，龙舟下水喜洋洋……

随着我们的背诵声，住在上房的奶奶就带着陪伴她的大表姐来吃早饭了。饭后，大表姐戴上母亲为她编织的和我一样的荷包，拉着我来到后院门外的小河边：……啊，那河边真好看，柳树一棵挨一棵，片片柳枝绿漾漾地到处拂荡，荡得河水愈加清亮。河边已经聚了不少孩子，都在嘻嘻哈哈地以河水洗眼睛，我也学着他们，只觉洗过的眼睛凉沁沁，亮闪闪，甚是舒服。也有大些的孩子已耐不住蹲在河边洗眼，早已下到河里去捞小鱼、小虾和小蝌蚪了……

……爸，你好吗？可能是见我把酒独坐，半天不语，女儿带着刚满三岁的外孙女来到我身边。

……啊，我抬起头，将外孙女 Amber 搂入怀中：我很好，只是想起我小时候过端午节的情形，想起奶奶……还想把端午节吃粽子的来历、屈原投江、《离骚》、《天问》等说给 Amber 听，可惜，语言不通，只能……

女婿是美国人，Amber 生活在英语世界，尽管她身上流着我的血液，可我东方世界的思乡、乡愁及丰饶瑰丽的历史文化很难传递。不只是她，自幼在美国长大的女儿也只能浅浅沟通，这怎能不加重居美华人老者的乡愁……

事也凑巧，端午节后不久的一天晚上，原美国《明报》文艺部副刊主编、女诗人潘郁琦打来电话说：过几天，台湾著名诗人痖弦、楚戈将分别从中国台北和加拿大来旧金山，香港诗人黄雷已在这里，大家齐聚，岂不该聚得有个声色？

自然应该。我答应着。

所以我们几个商量，想举办一个《诗与音乐的畅想》晚会，也算纪念端午节吧。晚会上，音乐家要演唱演奏自己最拿手的乐曲，诗人要朗诵自己最得意的诗作。

是个美好的设计，但愿成功。

所以你一定要参加！她笑着。

我？我的确有些意外：我已经很久没写诗了……

不许推辞，旧作也行。她友好地下了命令。

我喏喏着：我们这里还有谁？

徐志摩老友、四十年代的老诗人纪弦，著名小说家於梨华，诗人王性初，青年诗人程宝林。

晚会在华人做那一届市长的硅谷库比蒂诺市图书馆大厅举行。想不到那一天，偌大的大厅竟满堂华衣艳服、座无虚席，更想不到的是主持人潘郁琦从仪容、台风到吐字用词竟十分专业（后来得知，她曾做过台湾某电视台的主播），晚会开始，旧金山真是藏龙卧虎，音乐家们果然个个不凡，各有各的拿手之作；诗人们也次第登场，每人都声情并茂地朗诵出自己的得意之作。轮到我时，只好朗诵了我的急就

回望

之作《东方的树》：

树——一棵东方的树
            被生生拔离，
离开他自己的空气、土壤和水分
            风干着、懵懂着、喘息着
插入了另一块陌生的土地。

这本来是一块肥美的黑色土壤，
可迎候他的却是燥热的夏季。
这里本来一片碧蓝，
可不知为什么
            山那边却天天飘来迷乱的云翳……

他不再歌唱
            ——因为喉咙已经喑哑，
他不再摇曳
            一片片叶子已经摇不出过往的旋律，
他不再有诗
干旱的天空下他已经恹恹失语……

诗人的失语是生命的癌变，
诗人的沉默是宇宙的瘫痪，
救赎吧，人们——
祷告吧，兄弟——

噢，且慢——

他刚刚悟出

　　　他已不是诗人，

　他不过是一棵树

　　　一棵拔离故土的半枯的树。

竟是掌声如潮。我明白，不是我的诗好，倒是同是外来移民，或许同有此感此心。

潘郁琦的确老到，调侃说：想是诗人自况吧。不过，别着急，慢慢你会发现，加州的阳光比哪里都明媚，加州的天气比哪里都温和又湿润。

她说得不错，加州的阳光的确纯净亮丽，旧金山的气候的确温润如诗，然而这都是大自然赋予的、外在的物化存在，人类与其他生命最大的不同就是重思想、重文化、重魂之所系，我们最离不开的是唐诗、宋词、昆曲、茶韵，我们最难割舍的是江南燕归、北地冰雪，我们最魂牵梦萦的更是首都北京的一年四季……这就是拙诗《东方的树》的缘起和旨归，这也就是我身在海外、乡愁缕缕的情愫因子，我只能望星兴叹：乡远情更切，无日不思归。

过年，身在海外的心灵滋味

小时候，总觉过得慢，花开得慢，月圆得慢，一年到头盼着的新年来得更慢；人到暮年，肢体迟钝了，似乎反而一切都快了起来。春花尚未赏够已经到了晚秋，黄叶尚未落尽已经飘起冬雪，转眼间，越来越快的新年又到了。不管你愿不愿意，不管你是期盼是畏缩，这个年总得要过，人人要过，这就是春节的味道。

据载，春节，即中国年，是一个来自远古天皇时代、集天时季候、干支历法、神话民俗、哲理和诗情的节日。由于它的悠远丰赡、神秘幽邃，不知给世间留下过多少情愫和诗赋，其中最是妇孺皆知的莫过于王安石的《元日》：

> 爆竹声中一岁除，春风送暖入屠苏。
> 千门万户曈曈日，总把新桃换旧符。

短短一首七律，就将春节的时间、季候、光影、人物、动作如真如幻地映入人们眼前，此仅为其表其形，更可贵的是隐于形内的情愫、文化和哲思：在喜庆的噼噼啪啪的爆竹声中送走了旧的一年，迎来新春第一天。这一天是多么好啊，阳光和煦，春风送暖，那暖融融的春风、阳光把即将送入口中的屠苏酒都暖得绵绵甜甜，人们就在这种享受和期待中揭下旧的桃符，换上新的桃符，这是文化层面的抒写；更深的是其哲思，即政治层面：在他任职的宋神宗时代，由于政治、经济的不景气，又遭辽和西夏的不时侵扰，改革家王安石提出革旧政、改新政的主张，于是被神宗钦封为宰相，他春风得意，信心满满，其"新桃换旧符"就表现了他对未来新政的期待和信心。

这个节日就是带着这样丰富的文化内涵世代相延，如今，随着一代代华人的足迹，已经传向世界，也传入了旧金山。

旧金山是一座多族裔聚居的城市，它崇尚多元文化、欣赏各样风俗，加之美国人的爱热闹，一年中节日不断，每年特别是过了 10 月，更是节日频多：万圣节、感恩节、圣诞节、中国年……一个个渐次排开，各有各的色彩和情调，但在华人特别是在我的心中，还是最重中国年，原因来自我的家庭和经历：早在 1981 年初春，因其家人都在美国，妻即携一双年幼的儿女移居旧金山，"文革"中流落内蒙古多年、后来终回北京中国青年出版社的我难舍父母、难舍故里，更难舍钟情半世的中国文学，暂未与他们同行。两年后，为与妻小团聚，虽屡次申请赴美，仍遭屡次拒签，直至甲子年才得以飞往旧金山。可人到老年，离开故土后乡情愈切，到了春节，更是魂牵梦绕，那年除夕，眼见妻和女儿在忙着做烤麸、萝卜糕，准备着饺子馅，眼见两个外孙女从花园到客厅跑来跑去的神态，我的眼前又一遍遍回放起童年时故乡的年。情之所至，便于台子上铺展起从北京带来的宣纸，写下了王安石的《元日》，女儿见状走来，她笨笨磕磕地念了一遍，问：

爸，我虽认不全你写的这诗，也揣摩到你是在想家吧？

还是女儿最知我的心……

……这里不就是你的家吗？我妈，我弟弟，我，还有你的女婿和两个外孙女……女儿安慰着我。

回望

是啊，多数人来美国或为深造，或为闯世界，我来美国却目标明确，就为和你们团聚，为回家，可来了以后又……特别是过年过节的时候……

最让你想念的是什么？女儿笑望着我。

……这还真一时说不清，我喝了一口女儿递来的啤酒说：就说过年吧，我奶奶也就是你的太奶奶最重过年。记得我小时候，一进旧历腊月，一大家人就忙起年来，先是杀猪宰羊，将它们的肉、腿、蹄洗净分类冻入院中的大缸里。之后就是熬麦芽糖，由奶奶率领我的母亲、伯母、婶婶自做点心，再封入院中大缸。这期间，我们孩子们最惬意，每天可吃到猪、羊的内脏下水做的菜，糖和点心随便吃。日子一天天过去，最盼在城里做事的父亲回家，往往过了腊月二十父亲就回来了，回来后的第一件事就是带我去赶集，腊月的集市最热闹：灶王爷、门神爷、写对联的红纸和各色各样的年画……摆满摊位，此时，这个小镇的街道就俨然成了琳琅满目的画廊和博物馆。回家后年味愈浓——父亲开始展开红纸写对联，给自家写，也给求上门来的别人家写。父亲写，本家的一位二爷和我的一位堂兄也写，虽在民间，其书法造诣却是个个了得，而且写就互比互评，俨然是一次书法比赛！之后是祭灶，也就是王安石《元日》中所说"总把新桃换旧符"，时在腊月二十三夜，俗称"小年"，到时，全家摆供祭拜灶神、门神，燃香叩拜后，送旧神"上天"（揭下，焚烧）、请新神就位，同时贴上墨香尚存的红色对联。那时的我只觉日子过得太慢，于是在母亲帮我理发、洗澡、换新衣的过程后，总算盼来了除夕夜。那是更加神圣快乐的一夜：黄昏时分，前院、后院已经撒满芝麻钱（干透了的芝麻秸上的荚），暮色降临，当我们穿着新衣新鞋，打着灯笼进出院门跑来跑去时，脚下就发出吱吱嘎嘎的响声。奶奶说，那就是满地发出的钱的声音，它预示着我们家来年财源滚滚……这个时候，平时阒然的村庄到处燃起鞭炮，孩子们都打着灯笼满街跑，满街放鞭炮，大人们也穿上比平时干净整洁的衣服串门拜年……

女儿听得笑了起来：真是太享受了，又丰富，又有趣，这样的年，别说是孩子，谁都愿意过。

……是啊，新年新气象，新年新期盼，特别是我们这个重血缘、重家庭的民族，期盼的总非一人，而是全族全家的福、寿、财、旺和各种梦想，这也就铸定了过年（春节）的习俗和性格：回归故里，阖家团圆。能团圆者，与家人贴春联，放鞭炮，饮屠苏，就像王安石《元日》描述的那样……

"爆竹声中一岁除，春风送暖入屠苏。千门万户曈曈日，总把新桃换旧符"，女儿念完我那幅墨迹未干置于台上的《元日》，点头说：我果然猜中了爸的心思，要是把你的心思说全，还有什么？

我于是重新展纸蘸墨，一幅幅写下我熟悉的感触最深的诗句：

岁暮纷多思，天涯渺未归。

——白居易

乡心新岁切，天畔独潸然。

——刘长卿

守岁家家应未卧，相思那得梦魂来。

——孟浩然

故乡今夜思千里，霜鬓明朝又一年。

——高适

…… ……

回望

　　女儿十岁来美，我的行书她认不清，所录名家古诗也要一句句解释。听完我的解释后，她无奈地问：住在这里，爸是不是不开心？

　　我迟疑说：人世间的事情有时是很难说清楚的，和你们在一起，我回到了家，有形的家；可离开中国离开北京，我又失去了虽然无形，却时时搅动在心里的家……别看无形，却浑厚又强大，就像这些诗中抒写的那样，也像这春节的情味，绵绵密密，又苦又甜，像空气，不吸就窒息；像清水，不饮就干渴；像醇酿，不品就无味。这就是中国的历史，中国的文化，华人灵魂的根。

　　女儿点头，我不知她明白了几分。但我知道，要悟透中华文化和中国历史，绝不是一朝一夕的事，何况是在遥远的异国他乡！

　　……两个外孙女跑近我们，女儿问她们：看姥爷写的中国字，好看吗？

　　她俩摇头又点头，只是笑。

　　……你这不是为难她们吗，她们怎么能懂？我的女婿是美国人，两个孩子从小生长在英语世界。

　　爸，你教她们写中国书法吧。

　　我明白女儿的用心，也巴不得她们学会书法，于是，先教她们手握毛笔的姿势和方法，于是，这个有些落寞和思乡的除夕夜平添了难以言说的童趣和温馨。

冬天的记忆

那晚，定居于渥太华的二妹视频说，刚看完北京迎冬奥的新闻，看着渥太华窗外飘飘洒洒的白雪，想着北京冬天的气象，不由想起自己年轻时每逢冬季夜晚去什刹海滑冰的情形，真想马上飞回去，亲眼看看北京冬奥会的盛况。可惜，疫情肆虐，不知何时是了……我明白她的心情：乡远情更切，无日不思归。其实不只是她，早已任教于渥太华大学的她的儿子和定居于多伦多的大妹也常常思念北京的冬天。那时，二妹正上高中，冬晚，每逢背着冰鞋回到家，她红扑扑的脸上都堆满兴奋，多年后她才说，因为她的花样滑得不错，也因为她的样貌与冰上倩影，总有不少男孩跟在后面搭讪追求……

那是 20 世纪 60 年代初期，我已在人民日报社工作。虽已进入成年，可还是玩儿心难收，兴趣泛滥：唱歌、跳舞、朗诵，夏季游泳，冬季滑冰……也有不少少时玩伴，最相投又最会玩的当数后来任职《农民画报》主编的程连仲。他生长于有钱人的大家庭，每年拿着大把定息，人又聪慧貌美，想玩什么父母就给买什么。我是从他那里第一次见到吉他，也是从他那里第一次见到长跑滑冰鞋和花样滑冰鞋。因之，无论玩什么，他都压我一头：唱歌，他能自弹自唱，的确乐声美妙；我则只能干唱，高兴了，为我伴奏一曲，还要我谢他，谢了他，他就益发得意；滑冰，他总是背起两双冰鞋去滑冰场，到了什刹海冰场，他总是穿上跑刀疯跑几圈后再换花样刀大显技巧，风头十足，引得人们围观赞叹，有人甚至前来拜师。他绝不小气，总让我穿他的冰鞋和他比试，可脚的尺码不同，我只能在冰场临时租鞋，相形之下，显得寒酸又笨拙。

一次与一报社同事说起此事，他大笑说：不早说，我有一双花样冰鞋已经睡了好几年，都快长锈了！说着，他翻找出来：送你了！

你为什么不用？

冰场冷飕飕的，不感兴趣。他是南京人，最怕北京的冬天。

从此，我有了自己的冰鞋，不由暗下决心：加紧练滑，总得赶上压我头上的程连仲！

1963 年的冬天，北京下了一场大雪。雪停的第二天晚上他就约我去冰场，说雪后滑冰最过瘾，因为扫过雪的冰场坚硬又光滑，滑起来脚下生风。于是夜幕降临后，我们就赶到什刹海。冰场人烟寥落，因为初学者或因怕冷或因不知内中诀窍，大多躲在家里。他一见我拿出自己的冰鞋，调侃说：噢，舍得买冰鞋了？

为了压压你的气焰，舍命也得买一双！

我谎笑着——其实，我们兄妹五人，只靠我和父亲不多的工资，母亲节俭安排才勉强度日，还真舍不得去买什么奢侈的冰鞋。

好啊，今天咱就比试比试！

说着，他又穿起跑刀转着冰场速滑疯跑起来，他本来技高一筹，又脚踏跑刀，我怎能追得上！他已五圈下来，我还没跑三圈。

他不由得扬起双臂截住我说：服了吧？

之后，他从容地换上花样刀，又滑到冰场中心，晒起花样技巧：他一会儿左旋，一会儿右转，一会儿又嘴打口哨交叉旋转……引得冰场上人不禁鼓起掌来。

……他还会滑冰上探戈呢！我突发奇想，起哄地喊了一声。

那时，人们还很少看过冰上舞蹈，更何况冰上探戈！可室内交谊舞风却十分盛行，我于是引起恶作剧的联想。

有人莫名发问：什么叫冰上探戈？

有人就随我高喊：来一个，来一个——

年轻好胜，谁能经得起高声拥戴？他果然以舞步的架势划起冰上探戈来，可刚刚舞了几步就摔倒在冰上，沾了满身冰雪。

人们在起哄声中散去后，他追着我就要打。

我边滑边躲：你不是想显摆吗？多显摆几下呀……

后来我被下放到内蒙古，那双花样冰鞋就留给了二妹。她不嫌鞋大，在鞋头塞上大把棉花，就舞起什刹海冰场的难忘风景。

待我十多年后重回北京，程连仲家虽百遭磨难，毕业于北京农大的他却已成了《农民画报》的第一任主编。他喜欢自己的工作，因为从小就喜欢摄影。可惜命运弄人，他五十几岁就告别了这个世界，每念及我们的前尘往事，都心驰神往，不胜悲酸……我们在滑冰场上的快乐调皮斗嘴斗狠，却更同北京迷人的冬景、什刹海冰场的诗意诗情，永远凝结在我的记忆里。

时光如流，随着时代的变迁，我后来走过、居住过很多地方：欧洲、非洲、美洲，但不管走到哪里，还是最思念北京和它独有的气候季节。居住时间最长的当数美国旧金山——因为妻儿早已移居那里，那里也就成了我的新家。众所周知，无论气候、风情，旧金山都早已扬名于世，它地处山海交叠的太平洋海湾，风景宜人，四季如春，称属"地中海"式气候，可住久了，我还是想念北京四季分明的气候：春有万物勃发，夏有阳光灿烂，秋有水天妙曼，冬有冰雪奇缘。尤其是冬季，借着稀疏的灯光，迎着呼啸的北风，走在寂静悠长的胡同里，总觉虽冷尤亲，进家就满室暖烘烘，这才是我记忆中的家！最迷春节除夕夜，那时，家家大人在室内包饺子；胡同里，身穿新衣、手提红灯笼的孩子们或串门儿拜年，或放鞭炮，要是遇有雪花飘落，人们喊着"瑞雪兆丰年"就更有诗意……

　　北京真好，更好是冬季！

回忆与感怀

——贺中国青年出版社 65 华诞

　　20 世纪 50 年代至 70 年代初，我家住在海运仓。刚走出校门的我供职于当时位于王府井大街的人民日报社，从家里往返报社，常常是在有轨电车的金鱼胡同和东四十二条站起落，之后穿过十二条直抵海运仓。尤其是秋天，当我路经十二条，看着飘飞的落叶卷过胡同，卷到 21 号那扇朱红大门时，总不由得盯向从不张扬从不夸耀的"中国青年出版社"几个静立门首的大字。我知道，就是在这条僻静胡同的红漆大门里，编辑出版了标志着中华人民共和国成立十年来文学成就的《红岩》《红日》《红旗谱》《创业史》这个号称"三红一创"的文学大书，此外，还有影响了一代人、当时人们痴迷的《牛虻》《钢铁是怎样炼成的》《卓娅和舒拉的故事》和凡尔纳的系列科幻小说等，看着那两扇大门，心里总不免生出种种敬慕和神往。

　　1966 年初夏，我从《人民日报》到了内蒙古，直到 1978 年秋天。那时，"文革"结束，"四人帮"覆灭，在中国青年出版社恢复的喜庆中，我在老编辑也是我的老朋友曹冰峰的推荐下走入了这座神往已久、已被岁月剥落的朱红大门。大门虽已陈旧，那一座座高耸的屋檐，那连接各个院落的往复回环的长廊，那众多花坛盛开的鲜花，却与院中人们的心海一样，激情竞放，迎接着出版事业的春天。那年

回望

我 39 岁，虽经岁月蹉跎，终于如我所愿，被安排到文学编辑室做文学编辑，真是其愿已偿，其心激荡。何止是我？每当见到老社长朱语今（重庆时期《新华日报》老编辑，前团中央、西北局宣传部长）那传统文人的俭朴谦和，总编辑阙道隆那诚挚内敛的微笑，正值中年的编辑室主任王维玲的敏捷与魄力……都不由得感到自己来到了一个文化大家庭，他们就是我休戚与共、共建大业的前辈和兄长，而编辑室的众同人如许岱、李裕康等更是各具风范、可亲可敬的老大哥。这一年岁末，时任《中国青年报》文艺编辑的顾志成拿来了小说《第二次握手》的五六种手抄本，说这都是热心的读者寄来的，要求出版。他们看了，亦有同感，问我们可不可以出版？面对这堆稿纸各异、长短不齐，最短两三万字、最长八九万字的小说稿，王维玲十分兴奋，他将稿件分给李裕康、邝夏渝和我分别审读，之后又聚在一起讨论，当我们一致认为是部可以补足修改的好书稿后，立即分头行动。先是顾志成、邝夏渝查找作者，因毫无头绪，两位女士奔向了北京市公安局，经公安局苦心查找后，确定作者张扬因写此手抄本，至今仍关押在长沙市公安局。这显然是"文革"期间极左路线造成的冤案。社领导和中青报领导决定，派顾志成、邝夏渝两女士奔赴长沙交涉放人出书，可她们去了十多天，从省委到公安局几经交涉，得到同意放人的允诺回京后，那里又不见动静，我们电话催促，他们还是百般拖延。此时，老社长朱语今致信时任中组部部长的胡耀邦同志，耀邦同志很快批复支持。拿到这个批复后，王维玲派我赴长沙。那边消息十分灵敏，我一下飞机，前来接机的省法院官员就告诉我说，张扬已经出狱回家。两天后，当我陪他回京时，已是旧历大年三十。可编辑室众同人没一人回家，都在编辑室等待。之后就是送他进医院（因他四年坐监，已患严重胸膜炎，按医生的说法，再拖一个月就可能性命不保），众同人轮流陪护，我则开始了拣选、连缀长达七个多月的案头编辑工作。此书一出，一版再版，总印数达一千七百多万册（记得不一定准确），因供不应求，各省新华书店还纷纷租纸型分印。接着，中央电视台联系改编电视剧，北影改编电影，作协组织研讨会，的确是举国轰动，他为 20 世纪 80 年代文学的春天添了一枝奇葩，为当代文学的画廊添了一部具有时代气息的好书，张扬也被选为湖南省作协的副主席。

我所以不厌其烦地写这个过程，与其说是因为怀着一股浓浓的"忆往昔峥嵘岁月稠"的怀旧情怀，毋宁说是珍惜出版社那悠久绵长的优秀传统，即以编辑出版的职位为祖国文化积累倾尽全部心力的信念，上下一心、尽职尽责，为祖国的出版事业团结奋斗的精神，不分职位高低、一律以同仁视之的作风。

正因为如此，我们才团结吸引了当时所有的优秀作家，如姚雪垠、王蒙、白桦、刘心武、从维熙、冯骥才、蒋子龙，以及后来的叶辛、张抗抗、王安忆、张玮、王朝柱、铁凝、刘震云、刘斯奋等都纷纷往本社赐稿出书，以至文学编辑室仅仅作为全社的一个编辑室，其所出图书却能在全国的文学出版画廊里放出奇异的色彩。其他如社科编辑室、自然科学编辑室、青年思想教育编辑室等出的图书也各有千秋。那时，出版社还有个不成文的口号：既出书，又出人。由于我们热心发掘作者、培植作者，从本社图书中走出的作家的确不胜枚举，张扬就是典型的一例。此外，从本社编辑队伍中也走出不少堪可称道的有成就者，如原《青年文学》编辑马未都已成为当今公认的文物收藏家、鉴赏家，原《青年文学》编辑詹少娟已成为著名散文作家，原《小说》杂志美编刘秀鸣经去维也纳美术学院留学获艺术硕士学位后，已成为旅欧知名职业画家、维也纳浪漫写实主义画派传承人，原青年思想教育编辑室编辑杜卫东已成为中国作协旗下《小说选刊》社长兼主编，原文学编辑室主任黄宾堂已成为作家出版社副总编辑，原文学编辑室编辑熊耀冬已成为北京出版社副总编辑……

　　光阴荏苒，出版社的朱红大门已经变成钢化铁门，回环古雅的多重四合院已经变成钢筋水泥大楼，铅字印刷已经变成电子印刷，社里如今众同人也已经变成由现代观念、现代学术文化培养出的一代新人，在迎来出版社 65 华诞的喜庆日子里，眼见长江后浪推前浪的阵仗、一代新人胜旧人的气象，相信中国青年出版社的今天定能胜过昨天。

话说国子监

　　朋友们常赞美我居京的家，说你那里文脉滔滔，总该借助些仙气吧？对此，我虽笑而不答，心里却惬意暖暖，因为我的确与国子监比邻而居，举步可到。每每走出门来，走在那古槐林立、气度雍容的国子监街上，总有一种满满的、气韵不俗又愧对于他的感觉：因为比之他人，我总该更多地读懂他、认识他，可多少年来，虽也曾陪亲友草草地入门游览过，却仍是知之不多。

　　那天早晨，天空一碧，夏风舒爽，我以一种虔敬之心趋往补课，站在他"面阔三间""悬山顶""屋宇式"的门前，看着那黑廊、黑柱拱围的黑色大门，和大门上空悬挂的乾隆大帝亲题的"集贤门"三个大字，不由得神思悠远，时空变幻……或许因为知道这座建于元初（1287）的国子监直至明清，七百多年间皆为历代王朝发布教育政令、管理教育和全国唯一的最高学府，倏然间，眼前影像不由得跳到牛津大学门前：一座建于泰晤士河谷地的小城牛津。一条不宽的普通马路逶迤而过，两旁是大大小小中世纪四合院，一些两三层高的修道院式的建筑错落其间，没有围墙，没有大门和校园，甚至也无大学招牌，氛围宁静自然，却在空气中渗润着一股书卷气……这就是历史悠久、建于1167年的牛津大学……目转神移，眼前又出现一处绿草如茵、跑道悠长、一个个身穿白色运动衣的男女学生长跑的镜头，他们

回 望

正在胡佛塔和一处处红顶不高的建筑衬托下带着他们的青春和梦想奔跑——这是闻名遐迩的美国斯坦福大学，它位于旧金山湾区，与帕拉阿图市隔一条马路而居，同样是无大门、无围墙、无校匾。

这世界著名学府的建筑与格局虽大不相同，却处处彰显出东西文化的传承与追求：一个是开放与自由，一个是庄穆与沉潜。

带着瞻仰之心，我穿过集贤门，朝院内走去。因知道辟雍是历代帝王亲授御学之处，自然应仔细看看，穿过琉璃牌坊，只见一座"重檐四角攒尖式"大殿在夏阳辉耀下熠熠闪现：那高踞殿顶的镏金宝顶尽显皇家气派，那四角飞檐几似飞旋向天，屋檐下丹柱之上的斗拱群在彩绘中金光点点，而乾隆御书"辟雍"两字犹如烘云托月般高悬于殿堂正前额枋之上。真是接天美轮、触地美奂。殿堂四周，一脉汉白玉百合望柱石栏环殿铺展，栏下则是清水环流，波光粼粼，波光里夏荷正艳……

何以名"辟雍"？原来，"雍"为水中高台，诸多铜器铭文有载：寰水之中有高台的"辟雍"本为周王畋猎游观的园林，后由儒家礼制文化的演变，逐渐变成一种"天子之学"的特定形制建筑，代代相承，帝王御学，必在这种建筑——辟雍之中，这也才有晋成帝侍中冯怀所言"天子修礼，莫盛于辟雍"。为了这种修礼之盛，历代王朝只要江山已定，必首建辟雍，而亲临讲学者首推汉光武帝刘秀（其辟雍在洛阳），此后，帝王们大多临雍讲学或临听，集大成者当属清乾隆。

一因正当大清盛世，二因好大喜功、素喜诗词文墨，乾隆登基第二年就曾说："思国子监为首善观瞻之地，辟雍规制宜加崇饰。"他甚至想象着："儒臣进讲经书，诸生圜桥观听，雍雍济济，典至盛也。"但在当时，也只是说说想想而已。三十年后，他亲批二十万两白银修葺左邻孔庙，善于揣摩圣意的御史曹学闵趁机奏请"应考古制，建辟雍于国子监"。这自然甚合圣心，可乾隆为了按律办事，还是命将此议交礼部讨论。未料，礼部讨论后认为：第一，古代帝王立学规制各不相同，未必强求一律；第二，"引水旋丘"只是周朝一朝之制，我们何必花大把银子建这么一处劳民伤财的辟雍？如何裁定，还是圣上拿主意吧。此议虽然令乾隆扫兴，也只得搁置下来。然而，皇帝就是皇帝，十六年后，已经七十二岁的乾隆重拾旧念，不再隐忍，干脆直说，既然周天子已有辟雍，以此兴礼乐，宣道德，教化天下，我们为什么不该继承弘扬，做得更大更好！他大刀阔斧，甩开六部，钦命礼部尚书德保、工部尚书监管国子监事务的刘墉和侍郎德成等一干重臣，从勘察工地到拿出图纸，从速择日开工，而规制格局"自应仿照礼经旧制，度地营建"，并告知"落成之日，朕将举行临雍典礼，以昭久道化成之盛"。两年后，这座仿周天子规制的辟雍工程完美完成。乾隆闻报，龙心大悦，先是表彰升拔最先提议修建辟雍的大臣曹学闵，以及承办工程的刘墉、金简、德成等人，后又赐宴三千多人参与"千叟宴"。翌年，即清乾隆五十年（1785）二月，乾隆大帝临雍大典，当他坐定辟雍堂中央专供皇帝落座的大红椅后，翰林满、汉大学士伍弥泰、蔡新面西而坐，讲《大学》："为人君者止于仁，为人臣者止于敬……"国子监满、汉祭酒觉罗吉善、邹奕孝面东而坐，讲《易经》："天行健，君子以自强不息……"每讲一段，气韵儒雅又恢宏的乾隆都声声朗朗地阐书意、解经意，称作"宣谕"。此时，立于辟雍南门外、石桥下和太学门两侧的四名鸿胪寺官员就一句句大声"传声"，而站于辟雍四处的国子监众监生和朝鲜来使皆诚惶诚恐屏息静听。可以想见，此时的乾隆大帝是何等兴奋舒坦，因为远在四十八年前已在他心中演映的"儒臣进讲经书，诸生圜桥观听，雍雍济济，典至盛也"的画面已经呈现于他的眼前。就在他陶醉于眼前盛况时，

回望

《丹陛大乐》已经徐徐奏响，进讲大臣们缓缓退至桥南，满阶众人个个恭之谨之行三跪九叩礼……乾隆圣心大悦，一面命"起"，一面命凡参与盛典者每人赏白银一两，官员们更有各类贵重物品赏赐。

在古雅恢宏的辟雍，我自内而外绕阶缓行，观听了三百二十多年前的乾隆临雍御学后，才觉腿酸天热，于是坐于西堂博士厅廊下，此时，一株蓊蓊郁郁的古槐吸住了我的眼睛。在北京特别是国子监内，见槐何惊？自元代建都北京后，槐树早已成了京城的"行道树"，人们并形象地称北京城为"古槐、紫藤、四合院"之城。此槐不同的是，周围围筑了一道方形矮墙，墙顶还加筑了一层熠熠生辉的黄色琉璃瓦，心想，如此装扮，必有来历。于是到处寻找，终在树北一间屋内找到一排石碑，碑文不俗，上刻乾隆皇帝关于此树的叙说："国学古槐一株，元臣许衡所植……"由于"年湮代远，节断心空"，几近叶落干枯。鬼使神差的是，慈宁太后（乾隆生母）六十大寿时，此树竟"阅岁五百，枯而复荣"！这自然成了一时之盛，更成了阿谀奉承者谄媚之机，一时间，官员监生们纷纷写诗作赋，歌国之祥瑞，颂太后万寿。更有甚者，大学士蒋溥受乾隆之命，竟斋宿国子监，详细考察了古槐枯而复荣状况后，还绘成一画卷献于殿前。乾隆观之大喜，题诗曰："黉宫嘉荫树，遗迹缅前贤，初植至元岁，重荣辛未年。奇同曲阜桧，灵纪易林乾。徵瑞作人化，符祥介寿筵……"早就听说过这株古槐的故事，今天才领略了它的丰姿和来龙去脉。

我望着这古槐、不远处的辟雍、彝伦堂以及墙内各处建筑，慢慢地，往时情境渐行渐远，缕缕神思徐徐而来：国子监内，从一砖一石一树到各处厅堂馆舍，无处不藏历史，无处不蕴文化，这就是这座博物馆的丰博宝贵之处。可细细想来，它所以如此丰博，如此从西周到清末备受历代君王的青睐，就因为它是一座集封建王朝传道授业、统御万民之术之大成的殿堂。历朝历代君王之所以个个热衷于临雍授学，一是他可以借此殿堂传授他需要的三纲五常、诗书礼仪和驭民之术，以培养忠于他的各级官员和准官员（监生）；二是可以夸耀自己的仁爱道德和学问修养，这也就是乾隆皇帝为一株古槐的枯而复荣都如此兴师动众、赋诗刻碑的"初心"。回头再想，其实从集贤门严谨庄穆的黑色大门入门，层层递进，到辟雍的皇家气派，早已处处标示出了它的性格、使命和内涵。

从周礼汉制到经史子集，我华夏文明的确博大精深，体统严整，真乃东西方各类文明难于匹敌的民族瑰宝。也正为此，尽管历史上辽、金、元、清曾以强悍武力统驭中华，初始，帝王们也曾临雍讲学，欲以其各自文明灌输僚属，教化百姓，以其按他们的传统从物质到精神再造中华，但久之，仍是百费不达，不得不退下阵来，渐渐融化于汉文明中。然而跳出这百密一疏的文明，你又会发现这文明的礼制道统绑缚得人们不能不循规蹈矩、亦步亦趋、言听计从，不越雷池一步，这也是我们五千年文明古国终遭百年凌辱的原因所在。

对国子监及至人类各处博物馆，我们都应以历史看、以文化看，珍惜其承载的历史文明，分析其当初的功能指向。

漫步（一）
——从护城河至地坛

　　很喜欢北京的家，虽无豪门深院，亦非典雅阔绰，不过是一幢普通居民楼里的民居单元，然其京都一角的位置却让我着迷。出胡同口南行千米许，就是国子监、孔庙、雍和宫——这将近五百年前自然形成的宗教、文化风景带；出胡同北走千余米，就来到北二环护城河。我称它为护城河，其实是就其地理位置而来，在那些尴尬的年代，早已没了河更没了水，只是到了意识到保护环境和首都文化时，才重新疏通了河道，放入了清水，两岸移古柳、植新柳、栽菖蒲、种花草、筑亭台……十来年工夫，已是杨柳依依，河水涟涟，亭榭幽幽，菖蒲繁茂。走到这里，常常唤起少年记忆：当时刚入中学，看到残破的城墙，枯窘的护城河水，总不免有种落寞之感，特别到了秋天，碧云天下，鸽哨传来，更升起种种无名忧伤……或许是岁月磨蚀，如今，那些少年郁悒、无名忧伤早已退往白发后面。

　　白发人想白发事，除了想养生、想健身、想少为黑发人添麻烦外，常常因为终日坐拥孤楼，很想见人、见绿、见地上万物，于是，一年四季，每到黄昏或入夜都要下楼去护城河边漫步。这很有效，见球场上年轻人的腾跃投篮，见一群群广场舞者的舞步，见漫步长走的同类，这就知道：我还活在人间，人间生命是如此斑斓鲜活！自然，天天想念的还是河边风景，特别到了春天，那里的景色一天一变，日日不同。河水日夜流淌，柳枝由嫩黄到鲜绿到翠枝飘拂到枯枝无依，于是，不能不生出种种诗韵：

春感

一溪春水绿如蓝，柳丝新绿绿如烟。

倚栏坐看春色好，山桃雀跃呼玉兰。

——2016 年春

早春

一溪春水绿，燕啼黄莺歌。

柳润鹅黄浅，幼草舞婆娑。

——2017 年早春

入夏又是一番风景，阳光高照，河水丰沛，成行成阵的河边柳临风飘洒、恣肆汪洋，走在沿河小路上，往往错觉为沿柳廊而行：

绿廊

悠悠绿廊，翠柳为墙。
清溪绮倚，嗲嗲泱泱。

——2019 年夏

秋天则又不同，虽依旧河水清清，却加入了幽幽蝉鸣，日见萎黄
的柳枝也已青春不再：

听蝉

一带清溪潺潺东，柳拂云黯听蝉鸣。
凄凄切切多忧怨，信是衔命慊平生。

——2019 年秋

最难将息是冬季，不下楼走走？已成日常习惯，更怕身体萎缩，
于是照常走下楼去，寒风呼啸中直奔护城河。彼时，水不再流，柳不
再飘，唯见入夜后的满目冰河。想着近年来历史文学创作的种种感
触，与眼前风景何其相似，因步《江城子》：

江城子

千里冰河忽入梦，冷风冽，花叶空。蔽履裢衣，空手踏冰峰。冰川冰河冰空远，嘶声喊，无回应。

泣血诗文卷飓风，鬓披霜，词未穷。古今求索，千古众英灵。梦中梦外频呼唤，应声渺，哪堪情？

——2019 年元月

久之，对这条小河及其周围的一切，我的确生出了种种说不清的情愫，有时将它当成调皮的孩子，有时将它当成知心的朋友，有时将它视作了然一切的历史老人，可以逗弄调笑，可以倾诉心扉，可以对之歌哭古今。

庚子春节前后，我的散步路线从护城河改行为地坛公园。以前也不止一次地去过，总以为一是以方圆 0.374 平方千米的皇家园林作为小民散步之地，似乎少了些亲近感、多了些敬畏心；二是园林大则大矣，却又缺湖少水，缺了些灵韵，走起来总觉庄重有余、怡然不足。但朋友提醒说，古有古的底蕴，大有大的格局，那里的草坪就有 11.4 万多平方米，侧柏、桧柏、榆树、银杏、国槐……古木参天蔚然成林，光百年以上古树就有 168 棵，300 年以上的古树整整 80 棵！负氧离子比园外不知多多少倍，无论怀古、怡情，还是为吸氧增强免疫力，岂不比你那护城河强得多！看来此公不只是地坛常客，更已是这片皇家园林的信徒。于是，自庚子早春起，也就每日黄昏惴惴地走入地坛，之所以惴惴，是因为心有背叛护城河之愧。为补愧疚，每日过河、北赴地坛，都在桥上伫立良久，看看那忧伤着的清清河水，望

回望

望那惆怅着的飘拂柳浪……待到步入地坛，心境也就一步步变幻，那方泽坛、皇祇室、斋宫、神库、宰牲亭、钟楼、牡丹园……真是规划严整，错落有致，处处遵循着中国古代天圆地方、天青地黄、天南地北、龙凤、乾坤等文化传统和建筑构思，渗润着东方园林建造的美学风致，更无处不宣示着皇家园林的大格局、大气象。且不说那一处处坛、宫、库、楼的建筑，就是方泽坛东侧的两方古柏，也是郁郁葱葱，横看成列，竖看成行。特别到了薄暮时分，在微茫夕照中，我不止一次看着它们：地上，一片茵茵绿草；平视，一株株古树，恍惚间，竟如一位位历史老人面对我诉说着古今往事……此情此景，怎不诗魂苏醒，欲罢不能：

谒地坛

薄暮影里谒地坛，疏星残月伴祇弦。
遥想旧时夏至夜，弦歌肃穆人不眠。
忽闻天外《西江月》，蹈歌踏舞逐梦还。
人生非梦亦为梦，何须悼古徒缱绻。

从去年晚冬到今年初春，疫情日猖日退。医学家告诫说，抗疫是长期的事，我们不能不防，也不能坐困愁城，最积极的办法是增强免疫力，适当锻炼身体。我于是仍然坚持每日去地坛走路，春半时节，牡丹园里牡丹盛开，给困顿于疫情中的园中走路人带来极大的惊喜和慰藉。我也一样，坐在园中，赏花怡心，不觉口占一诗：

庚子春

半城葳蕤半城花，赏心何须赴天涯？

瘟魔号啕怨杨柳，春色翩然访万家。

或许因花事繁华，那天心情大好，不能不去护城河畔观柳。说起树木，自然各有各的优长和魅力：松柏的坚毅淡定，古槐的优雅大气，银杏的色彩纷呈……可我最喜欢的还是柳树，喜欢她的妩媚多姿，喜欢她的多感多情和她的欲说还羞，特别是水孕充足的河边柳，更是风情万种。于是我边走边赏，与护城河畔的河边柳来了一次长长的约会，并为她唱了一首歌：

溪边柳

猗旎溪边柳，鬓闲懒梳头。

枝叶长太息，轻吟庚子愁。

日子一天天过着，从冬天到春天到夏天，如今已经过了立秋，却是南涝北旱，北京的天气更是变幻莫测，原本七八月的雨季，却要么是千呼万唤不来雨的燥热，要么是水蒸雾罩的湿闷，或许真如古人们说的"庚子年多灾"？史上有载，地坛是皇家祭地之所，每逢夏至或国有大事，明清皇帝和文武百官皆曾以庄重的仪仗、恢宏的阵势，以三拜九叩之大礼祭祀大地，从明嘉靖到清顺治、康熙、雍正、乾隆、嘉庆等一干大帝都曾到此跪拜并斋戒过，他们自然是以"天子"之身，以"普天之下，莫非王土"之念，祈风调雨顺、求国泰君安，说白了，无非是求他们皇权稳固、永坐天下。世代更迭，天宇各异，我们一介小民，虽有祈"国泰民安"之大愿，却也只能从自身做起，曰：防疫，健身，避热。于是，我还是每日黄昏来地坛走路，赏景，观人，思古，念今，躲暑……感谢前人的余荫，感谢天赐的地利，我不能不以诗述怀：

地坛松

立秋已过不见秋，溽热汗涔愁拥楼。

地坛松柏五百年，枝干劲翠仍风流。

偷得余荫日日坐，暗感嘉靖有筹谋。

又闻蝉歌唱西风，且吟且叹魂悠悠。

漫步（二）
——走在雍和宫大街上

住在旧金山的时候，每当电视介绍北京，第一个镜头必是国子监的街景。翰墨幽远的牌坊，苍郁古槐的神韵，看着它们，不能不生出缕缕乡愁、幽幽思念……

机缘巧合，前些年我住回北京时，正有幸将原住宅换往与国子监街相邻的一条胡同里。

天造地设般，那胡同西通安内大街，朝东，必须拐入国子监街方可东达雍和宫大街。日常，凡出门散步、购物，皆要经这曾经朝思暮想的国子监街走走，对此，我从来甘之如饴，且不说它已是由雍和宫、孔庙、国子监组成的古文化风景带、旅游区，是中外游客来京必游的重要景点，就是平日每走一次，都是重读一次这读之不尽的东方文化大书。

大抵是出于同样珍重如珠之心，2020 年，东城区倾心倾力将雍和宫大街重新修缮，修旧如旧，还其历史原貌，一律的灰墙青瓦、朱门雕檐，人们走在街上，流连赏韵间，自然不能不观门楣、品楹联。

那日黄昏漫步，一下子被一民居楹联拖住脚步，其联为："枕秋声入梦，拥月色萦怀。"我站在门前，一首首记得的写秋写月的诗句涌入脑中："春江潮水连海平，海上明月共潮生。""谁家今夜扁舟

子？何处相思明月楼。""不知乘月几人归，落月摇情满江树。""海上
生明月，天涯共此时。情人怨遥夜，竟夕起相思。""花间一壶酒，独
酌无相亲。举杯邀明月，对影成三人。""明月几时有？把酒问青天。
不知天上宫阙，今夕是何年。"……

多少秋声，多少月色，无论是李白、苏轼的浪漫恣纵，还是张若
虚、张九龄的婉约伤感，都为此联铺下了浓浓的诗情词韵。然而既然
只为一联，它并未担起过重的意蕴旨宗，只不过为一院落营造出一种
氛围便翩然定格：枕着秋的声音入梦，揽着月色而眠，你看，这院中
人是何等的惬意、陶然！联虽浅显易懂，却是诗意盎然，令人醺醺欲
醉。不独如此，对仗也十分讲究：枕秋对拥月，入梦对萦怀，声对
色。正欣赏间，门开处走出一位女士，于是探问此联出自谁人之手？
她笑答：抱歉，我也不知。虽不知作者何人，也足见其古诗词修养
之深。

天色渐暗，继续沿门寻找，啊，"竹影横窗风动，梅花入梦春
归"。又是一民居门刻楹联……"修竹万竿松影乱，山风吹作满窗
云""荷风送香气，竹露滴清响""无肉令人瘦，无竹令人俗""数萼
初含雪，孤标画本难。香中别有韵，清极不知寒""零落成泥碾作尘，
只有香如故""竹影和诗瘦，梅花入梦香"……

自古至今，从形色到品格到气韵，文人墨客都将梅兰竹菊视作清
雅孤高、坚韧脱俗的歌咏对象，或崇仰或自比，不知酿就了多少绝世
诗词！诗人们所以世代相沿，写不尽对她们的称颂，又何尝不是呼
唤，不是张扬，不是希望借此清除人世间的诌媚、贪婪、奢俗、软
骨、趋炎附势、坑蒙拐骗等一切俗污浊气，换来一个如梅兰竹菊般的
清雅卓然世界！这副楹联的确高妙，仅仅十二个字，就将竹、梅的风
格呼唤来归，而且如风般飘逸，如梦般温馨。对仗也一样见功夫：竹

影对梅花，风动对春归，横窗对入梦。

……老先生以为此联如何？

噢，噢……

沉醉中，忽被一位老者的问话惊醒，我忙点头施礼：好，好，请问此联出自哪位之手？

抱歉，我也不知，他仰头想想说：十有八九，还是主导修缮工程的政府请人拟出，或者是从古人处借用的吧？

是啊，华夏乃楹联大国，欲觅好联，何患其难！但我还是希望它是出自如今的某高人之手……

华灯初上了，谢过老人后，兴味未减，我接着寻找，"青蚨化作通市币，金钿汇成流水泉""货列琳琅春展秀，店存信誉客盈门""棋如人生涅槃香，元起世间万物沉"……灯火闪烁处，一副副商家楹联映入眼前。商家自然皆为盈利，但盈利也有文明经商与坑骗经商之别，你若"店存信誉"，自然"客盈门"，何况"人生如棋"，终归是"世间万物沉"呢！为人一世，无论做何职业，还是留个"涅槃香"才不枉来此一回。

雍和宫大街，特别是雍和宫左右，大多是以经营敬佛、礼佛、供佛、求佛的供品为业，其店门楹联自然多了些佛气和佛家文明。气由心生，联自品出，吟着这些文明商家的楹联，耳畔又不由传来"走过路过，不要错过！""明天撤店，今天大甩卖了！""厂家直销，五折甩卖了——"种种嘈杂吆喝叫卖声，眼前更出现了小小煎饼摊前高挂的"煎饼王"招牌和霓虹灯闪烁中映出的"×鱼王子""皇家大菜"等金字大匾……

从《诗经》《楚辞》到唐诗、宋词，三千多年来，先人们早已为我们创作积蓄了世人瞩目的诗山词海，以至早在公元前166年古罗

回 望

马国王安敦派使者趋访后，就在欧洲惊呼：东方有一个"丝国""诗国"！至于卓然出世的楹联、名号、山庄之名更是车载斗量，在词海里撷取一个浪花，在诗山上拣取一粒石子，都能珠光熠熠、烁然生辉！"名"为心生，"联"为欲相，"石韫玉而山晖，水怀珠而川媚"。无论开店、售房，还是治理一座城市，都应牢记，"山晖"，自显自信，"川媚"，方魅力无穷。

夸大叫卖未必让人信服，浮荡吹嘘未必是自信的表现，忠厚为心、诗书为本，才是中华传统、华夏文明，雍和宫大街的修复和楹联已走在前面，但愿它能为嗣后旧城改造、乡村修葺提供出可贵的信息和参照。

长安街记忆

感谢光阴厚爱，为不使它失望，在它慷慨赐予的岁月里，也曾走过不少的路、踏过不少的街、游过不少广场，如伦敦的摄政街和伦敦广场、巴黎的香榭丽舍大街和协和广场、纽约的华尔街及时代广场、华盛顿的宾夕法尼亚大街和华盛顿广场、莫斯科的特维尔大街及红场……有比较才有鉴别，本无意炫耀自己的游踪，只是想说，经过亲眼所见、亲身所历，才可以自豪地说，举世相较，我们的长安街是世界上最宽最长最辉煌的长街，我们的天安门广场是世界上最广阔最神圣最具政治魅力和文化风情的广场。

我本不是地道北京人，是十二岁时随父来京读书，后来举家迁京的。虽如此，我与北京和长安街也已共享过七十年的春花秋月，共度了七十年的同舟风雨。

我家的第一个住址是建国门外——建国里。那时的建国门虽然城楼已拆，但城墙依旧，护城河也在，走过护城河，再穿过一片苇塘，就来到建国里。那时，从这里东望，除了大片玉米地就是坟场和烧砖窑，黄昏时候，朝东远望，在烧砖窑冒出的缕缕烟雾中，一片荒凉、落寞的阴影总不由得爬上我少年的心……难怪，尽管从明永乐年间重建的皇都已经辉煌光耀过六百多年，也经不起百年烽烟战乱……

进了建国门便又不同，西去的大街虽尚为水泥石子旧马路，却虽短犹宽，走过这段约一两千米的大街沿路西行，就进入了东观音寺胡同，再往西行，在胡同与南小街的交叉路口总站立一位指挥交通的交警，继续西行，便进入了西观音寺胡同。虽然都名观音寺，东、西两边却大不同：东者，房屋低矮，殊觉简陋；西者，则严整高大得多，特别是将到胡同尽头的右手边，一座青砖墙、黑漆大门处悬挂的一块不大的牌匾《新民晚报社》（前身为《新民报》）总在吸引着我。不记得是从哪里知道的，《新民报》当时的老板和总编辑是张恨水，我读过他的长篇小说《啼笑因缘》，内中的京都风情，樊家树和沈凤喜的悲欢离合曾不时撞击着我少年蒙昧的心，所以每经此地，都要迁延踯躅，甚至扒门窥望，盼望能巧遇我心仪的作家，至于希望着什么、我能做些什么，自己也说不清。

走出西观音寺西口到了东单牌楼，这才马路宽展、高楼（不过二三层）疏立，再往西：王府井大街南口、八层高楼的北京饭店、巍峨壮丽的宫墙、劳动人民文化宫、故宫和天安门广场、中山公园、中南海，至府右街南口，马路又倏然收窄，然而，叮叮当当的4路有轨电车却贯穿始终直到西单路口，其间，也偶有大型公共汽车和稀有的轿车、吉普车，这就是我记得的那个年代的东西长安街。

作为政治、文化中心大动脉的长安街，从政治、文化、文物古迹到气韵华贵、遗脉传承的所在自然数不胜数、举世瞩目，且不说从故宫博物院到中南海，更不要说后来陆续建起的人民大会堂、中国国家博物馆（2003年，中国历史博物馆和中国革命博物馆合并组建）、人民英雄纪念碑、毛主席纪念堂、国家大剧院，就是当年西长安街街尾的长安大戏院也是文脉绵长、传扬中华传统戏曲文化的不可忽略之地。父亲素喜京剧，当年虽工资不高，但几乎过一段时间就要带我看一两次京戏，吉祥、广和、长安大戏院……都曾留下过我们的足迹。

一个初春的晚上，父亲带着我登上一辆叮叮当叮叮当的 4 路铁轨电车一直驶向西长安街路口的西单站，下车后，脚下生风的父亲拉着我穿过马路，直入长安大戏院。坐稳后，他才兴奋地告诉我："今晚是马连良的《借东风》，你不知我费了多大劲才弄来这两张票。"父亲在家常常哼唱马派唱段，有时候从亲戚朋友家借来留声机和黑胶唱片，也大多灌的是马连良唱段，他往往边听边跟着唱，从小声到大声，随着他，我也往往随他哼起来……诸葛亮登场了，那韬略在胸、仙风道骨的气派，那头戴纶巾、长髯飘胸的穿扮，上场白刚念罢就迎来一片叫好声！我们都沉入戏中，父亲听的是戏文、唱腔和门道，我看的是父亲的神态和台上的氛围与热闹……父亲带我看过很多名角的戏，谭富英、李万春、张君秋、吴素秋、袁世海、李盛藻、赵燕侠……至今想来，印象最深的还是这场《借东风》，是因为马连良的功力气韵，是因为剧中张扬的东方文化和东方智慧，还是因为这一切都发生于长安街上？

我的初中母校是北京市第二十四中学，校址就坐落于东长安街北侧的外交部街，因为靠近长安街，离天安门也不远，似乎一切政治气息都能很快吹来。中华人民共和国刚成立，春风勃发，万象更新，每年的"五一""十一"都要去长安街游行庆祝，去天安门广场接受检阅并代表少先队员观礼。我加入了少先队，被选为中队长，并在学校军乐队里打大鼓，在一切好事都向我微笑的那年"十一"国庆节，我和我的军乐队被批准去天安门广场观礼。那天早晨，我们凌晨四点集合，向天安门广场进发。在秋风飒飒中，我们的热血驱走了寒凉；在晨光熹微中，我们只盼着朝阳升起，两三个小时后，随着东升的旭日，随着《东方红》的奏响，以毛主席为首的中央领导人登上天安门城楼，他们朝广场上的众人招手。我们朝他们欢呼、跳跃，跳跃中，我突然想起胸前的铜鼓，这才用力挥动鼓槌，在我这大鼓的引奏下，我们的军乐队军号声声、鼓声震响。我那时坚信，我们就是长安街和天安门广场的主人，我们的演奏就是眼前走过的文艺大军，劳动大军，空中飞翔的空军，地上行进的海军、陆军、坦克兵的鼓点和军号！快入游行尾声时，辅导员老师陪工作人员给我们发来了和平鸽，每人两三只。它们暖暖地偎在我的怀中，在咕咕的叫声中，我们曾相视而笑……可我们要听从命令，当辅导员老师命我们放飞它们时，我不能不难舍地将它们放飞高空。望着它们越飞越远的踪影，我相信，它们会给战乱带去和平，它们会给饥饿带去粮食，它们会给贫困带去富足——因为它们来自长安街，来自热爱和平的天安门广场……

　　少年记忆虽不免幼稚天真却真诚无瑕，少年想象虽梦幻缭乱却无际无涯。回首少年时的长安街记忆，再看今日长安街的真实，真是诗也难于表达，梦也难于企及，这就是此文开篇一段论断的缘起。

香港印象

大疫之年，顺抵香港，我算幸运者。因为就在我起飞的前两天，香港刚刚调整过各地来港客的隔离规定。下机后手续简约，气氛轻松。机场大厅内，再不像以往的人烟拥攘。透过疏疏落落的旅客脚步，更显得处处整洁，礼貌，温馨，显眼处，常有"来港易"的不是"热烈欢迎"式的欢迎辞。心想，这或许就是香港为提振灾年经济、开放旅游事业的"一脸笑容"，也是香港文化的一种呈现。

或许是"知父者莫若子"，更为了增加到港未久的父母的生活内容，到港第三天，儿子就说，北京故宫博物院的一些展品正在香港故宫文化博物馆展出，问我和不久前刚从旧金山飞来的妻想不想去看。

"香港还有个故宫文化博物馆？以前从没听说过。"

"好像是近几年新建的，要么……"儿子看着我，等着我的回答。

"去看看，说不定这文化沙漠新添了一片文化绿地呢。"我调侃着。

第二天，我们直奔博物馆。

果然是一座新建三层博物馆，它平顶、方型，虽无雕梁画栋、飞檐琉璃瓦，其朱漆红墙、红门，也一样彰显着中国皇家气派，无论从造型、色彩、气韵，都可见出设计师那融东西方文化于一体的匠心。它位于西九文化区、维多利亚海湾之侧，为使园、馆相映，以博物馆为中心，特意在海湾旁侧建起一片绿草茵茵、花树葱茏的艺术公园。博物馆的展品也多是北京故宫的珍品，其中不少展品即使对我这居京大半生、多次参观故宫的北京人来说也不多见，如清乾隆皇帝的龙袍、香筒、香炉、文房四宝；顺治、康熙皇帝的御用弓、剑；明崇祯皇帝的印押；清青玉刻乾隆御笔兰亭帖如意；乾隆皇帝每年正月在重华宫举行的《三清茶宴·君臣吟咏》的盛况和编印多部的《御制诗集》；乾隆深情钟爱的孝贤纯皇后英年早逝后，乾隆为其撰写的《述悲赋》节选（和所用的珍贵藏经纸）：

> 信人生之如梦兮，了万世之皆虚。呜呼！悲莫悲兮生别离，失内位兮孰予随？入椒房兮阒寂，披凤幄兮空垂。春风秋月兮尽于此已，夏日冬夜兮知复何时？

读其"悲赋"，领其伤怀，乾隆皇帝对其皇后的深情以及对她逝去后的思念，缠缠绵绵，已经渗入观者之心。此外，如皇帝起居用品、故宫园林……这丰富稀世、人间少见的展品，不能不给香港居民和来港游客带来难得的东方历史和东方文化，它不仅使这闪亮的东方之珠更添色彩，也增添了它的厚度和自信。

"食在香港"，此乃全中国乃至世界旅友人人皆知的事实而不是广告语。儿子为使父母开心，也更好地品尝香港，那天，他没陪我们去豪华酒楼、闹市茶肆，而是几次换车后，来到弯弯角角的九龙牛池湾村龙池径 60 号 A 地下的新志兴至尊烧鹅大王店。与香港处处高楼华厦相比，那是个散乱破旧的所在，进门处还立有一座古旧飞檐的白石牌楼，上刻"牛池湾乡"四个大字。往里走，有杂乱的窄巷、斑驳的石墙、捡垃圾的老人……走进深处，则是上有天棚、侧有厨房、一字排开的餐桌矮凳，别看简陋平常，却食客蜂拥，尚有排队候位者，与别处不同的是，这里可自由吸烟，高声放谈。看神态，食者且吸且饮且食，谈笑风生，可说是人人放任自在。看食者身份风度，多为中产阶层、商铺小老板或打工蓝领，但也人人自信自醉，处处标出"老香港"的面貌。我们幸运，拣到一株白兰树下的餐桌坐定。儿子想得周到，同时请来他久住香港的八叔婆和一位堂舅共聚。这堂舅居港四十多年，可称"老香港"，说这里原是一处经营早茶的乡村，他们保质保量，保持原汁原味保传统。他吃遍了全香港，就这里的早茶最地道，他看了看周围破烂待拆的旧楼说：可惜这里就要拆建了，不知以后还能不能吃到这样地道的早茶……神情间似乎多有留恋和伤感。

"那我们就多点些，免得留遗憾……"儿子为扭转气氛，迅速看着菜单，迅速点菜：新志兴鲜虾饺、金牌烧鹅、志兴烧麦皇、潮州蒸粉果……五人围坐的餐桌，他竟点了十一种点心！

坐在白玉兰树下，品着这原汁原味的香港早茶，不禁生出缕缕联想：吃广式早茶本是广东人的习惯爱好，我这个生于北方、长于北京又生活粗疏的人，原本全无所知，直至人到中年，每去广州，那里文学界的朋友总是盛情邀约，非要体验一下他们的广式早茶不可。看着做工精细、琳琅满目的点心，尝着滋味各异的香和甜，比之北京单调的油条、烧饼、豆浆、豆腐脑，的确丰富别致得多。我不能不感慨道：难怪广式早茶出名，想不到竟如此丰富味美！

移居美国的几年，华人作家朋友相聚，也往往选择去唐人街中餐馆食广式早茶，那里的中餐馆老板为了迎合美国人的口味，也不能不对每道食品做了些味道的改动。所好的是，在美国吃广式早茶大多已不挑拣，从舌根到心情，人们大多吃的是乡愁，只要有些许家乡味道，就能唤起回味和回忆，就解苦，就消愁，已经不论是南方人或北方人……

如今，坐于香港牛池湾白玉兰树下，坐于家人中间，撮起一只虾饺，咀嚼着这纯正的原汁原味的广式点心，似乎真的嚼出了一股家的滋味、心的滋味——尽管我并不是香港人。但我却更加丝丝入微地意识到饮食所以能与文化联为一体的意味。是啊，饮食不仅联结着味蕾，更联结着人们的血肉筋脉、情感神魂。

走出牛池湾，忽见路牌指示标有"西贡市"字样，我不禁惊问：怎么香港还有个西贡市？

亲戚笑说此西贡非彼西贡，它位于新界东部沿海的西贡半岛上，向有香港后花园的美誉，车程也就三四十分钟，去逛逛？

我们自然乐得一往。为清晰观赏沿途风景，我们于是快意登上大巴二层。大巴在绵延不绝的绿荫掩映下一路向东，眼前飘过的忽而是蜿蜒的山峦，忽而是清丽的海湾，忽而是椰风榕荫，忽而是渔舟樯桅，我不禁有些迷乱，意识中，一会儿是北戴河的海湾，一会儿是青岛的崂山，一会儿是旧金山的山间曲道，一会儿是北京的香山……

书载，此地"西贡"之称大约出现于明永乐三年至明宣德八年。那时，大明国力强盛，胸襟开阔，将眼界投向大海，从明成祖朱棣到其孙朱瞻基历时二十八年，连派郑和率世上最大船队二百多艘船只、二万七千八百多人，七下西洋，以"以和为贵，以善为高，协和万邦，亲诚惠容"为宗旨，所到之处，不掠别人一分财富，不占别国一分土地，只是宣示国威、沟通文明、交换贸易。从南亚到波斯，到阿拉伯，到东非，到西欧，所到之处，无不使人钦服。于是各国各地纷纷来朝、来贡、来贸易……香港此地便成了他们朝贡船只停泊的港口之一。久之，这里便被称为"西贡"，即西来诸国朝贡停泊之地。有历史就有文明，有文明的风景才有韵致。走在这集渔村、码头、山野、海滨风景区于一体的西贡，人们不能不感叹：这真是一处都市中的山野，群楼外的海滨，有感于心，因吟道：

> 闹市贵有桃花源，椰舞榕荫唱海风。
> 莫道港岛空繁华，海魂山韵润文明。

以前来港，或公务，或转机，总是匆匆略略，并未多读香港这部书，这次不同，儿子已在此安家，并希望我们夫妇晚年在此安度，就不能不多读些了。提起香港，其世界自由贸易港、东方金融中心的光环世人瞩目，其"东方之珠"的光芒熠熠生辉，可说到文化，又往往被称为"文化沙漠"，窃以为，这或许并非准确。细品文化内涵，乃指人类在漫长的历史实践中获取的物质财富和精神财富，香港物质财富的丰饶无人可以质疑，所谓"文化沙漠"自然指向了精神财富，亦即历史、科学、教育、文学、艺术……的缺失。粗略翻书得知，考古发现，人类居港已有六千年历史，属新石器时代的"大湾文化"，与广东内地文化同属一脉，同时也受中原文化的影响。有籍可考的行政建制始于秦汉。东晋时，已有内地移民活动。较大的移民活动开始于开宝六年（973）。至清康熙时，由内地迁入的邓、侯、廖、文、彭合称"新界五大族"。因首位迁港的承务郎邓汉黻出身进士，乃宦游至粤，其后人也世代读书为官，极重办学。此风绵绵相延，文化、教育与人迹并进已成香港社会之风，至1841年英国入侵前，香港已办多家私塾、书院，其中邓符协办的力瀛书院比广州禺山书院、番山书院早一百多年，到清朝时，香港的书院、私塾至少已有449家。至此，香港历史和东方文化的教育传播可见一斑。

另外，随着香港被割让给英国，不少西方传教士也选择取港来华传教。为了全方位传播他们的宗教思想和西方文明，于是办学校、办报刊，倾其全力渗透西学；与此同时，华人学人也著书立说，推介东方文化。于是，香港成了东西方文化及技术交流的交汇点，也培育出难以计数的走向历史走向世界的中华英才，如首位留学美国、终生致力于教育救国的容闳，国父孙中山，首任国民政府司法总长、外交总长直至代理国务总理的伍廷芳，积极支持洋务运动、创办民族企业的唐廷枢等，都是分别毕业于香港马礼逊纪念学校、皇仁书院和圣保罗书院后又出国深造而走向成功的。至今为止，香港这个七百万居民的城市竟有十八所大学，其中于1912年创建的香港大学仅比北京大学小14岁，至今仍居世界名牌大学的前列。香港出版的中、外文报刊共有五百多种，香港的电影、电视及演唱艺术更是独树一帜，自成一家！

因而窃想，人们所以称香港为"文化沙漠"，或许原因有三：一是近百年来，香港，这个世界自由贸易港、亚太金融中心之地位已无可置疑，其商品物丰质美、价廉别致有目共睹，其物质文明的光辉已掩盖了它的精神文明；二是由于它世界自由贸易港的地位，其商业文明早已走在内地农耕文明之先，因而以我国向以农耕文明为文化的习惯，而视商业文明为"沙漠"，为浮浅，为世俗；三是百年以来，这里已形成东、西方文化的交汇地，中西杂糅，非中非西、亦中亦西，似乎看起来已不完整，习惯使然，自视之为不伦不类，故曰"沙漠"，不知我的想法是否有几分道理？

回望

文与思

仰望前贤

夜半读书，读到几位先贤大家的性情为人、朋友间心心相携、诗语晤谈情形，犹如亲临其境，亲聆其教，不禁心生眷恋，不能不提笔铭记。

一

1918 年，《新青年》杂志虽然已创办了近三年，面对列强侵扰、军阀混战、国家满目疮痍的现状，鲁迅仍陷入救国求索的苦闷中。一天，他正在抄写古碑，一位同是北大教授、《新青年》杂志的老友钱玄同走进门来，他翻开鲁迅的古碑抄本问：

你抄这些有什么用？

没有什么用。

那么你抄它是什么意思呢？

没有什么意思。

我想，你可以做一点儿文章……

鲁迅懂得他是寻求友军来了，于是说：假如一间铁屋子，是绝无窗户而万难破毁的。里面有许多熟睡的人们，不久都要闷死了，然而是昏睡入死灭，并不感到就要死的悲哀，现在你大嚷起来，惊起了较为清醒的几个人，使这不幸的少数者来受无可挽救的临终的苦楚，你倒以为对得起他们吗？

然而几个人既然起来，你不能说绝没有毁灭这铁屋的希望。钱玄同望着鲁迅的眼睛说。

……是啊，希望……希望应该在未来……鲁迅燃起一支烟，久久的，不再说话。

不久，他的白话小说《狂人日记》就刊发于《新青年》杂志第四卷第5号上。这小说犹如暗夜中的号角，不知吹醒了多少麻木沉睡的人们，也为我国现代文学的创作点起了一支奋然前行的火把，至今火光不衰。

朋友，特别是文学界的朋友，是应该互相砥砺、互相激发、互相点燃创作的激情，哪怕如伟大的鲁迅！哪怕如《狂人日记》的孕育与诞生！笔者多年做编辑，后又从事文学创作，这样的经历和体会可说不胜枚举。扩而大之，只要是朋友，不管从事什么职业，都可从中得到启发，因为无论是谁，都有苦闷绝望的时候，都有思维枯竭的时候，此时，无论朋友的深情慰勉，还是大喝一声，都可能使之峰回路转，这就是朋友的责任和使命。

二

说起林徽因，无人不知她是中华人民共和国国徽和人民英雄纪念碑的设计者之一，更无人不知她是一位集美貌、才情于一身的民国"四大美女"中的佼佼者，正是艳羡于她的魅力与才情，终使原本在剑桥大学攻读哲学与政治经济学的徐志摩魂牵梦绕，为执着的爱情激变为一位卓绝出世的旷代诗人；使得学者、哲学家金岳霖终身不婚，直等到她离开人世、终至题挽联曰："一身诗意千寻瀑，万古人间四月天。"

花妍终有谢，人美终有老，其实，人的最大魅力还在于性情、体悟与灵慧。林徽因与沈从文的相处相谈可见一斑：1938年，沈从文孤身一人随西南联大来到昆明，为消解他因感情纠葛而生出的烦恼，施蛰存、杨振声等朋友不时来他租住的临街小屋与其聊天解忧。情感世界是最为细腻又奇妙的世界，欲要探求开解，一要开拓更大的精神空间，二要细腻于更深的细腻。面对沈从文，林徽因说出这样一段真诚体悟甚至惊世骇俗的话："我认定了生活本身原质是矛盾的，我只要生活；体验到极端的愉快，灵质的，透明的，美丽的近于神话理想的快活……没有情感的生活简直是死……把自己变成丰富、宽大，能优容、能了解、能同情种种人性。"这段话一下子将沈从文从暂时的个体的情感困惑放置于人类精神世界的天空，开解出狭小的谜团。施蛰存说："……从文总是眯着眼，笑着听，难得插一二句话转换话题。"试想，当一个人陷入感情纠葛而难以自拔时，有谁不会因朋友真诚的从生活原质的分析解开迷津、逃脱自缠自绕的网箩而深感珍惜呢！打开心扉、将自己的感情苦闷敞开给朋友不易，心心相印、推心置腹地为朋友解惑解忧更比金子珍贵！何况林徽因所说正是她从自己感情世界里总结出来的真经真谛！若不信，只要看看她与丈夫梁思诚、两位终生追求者徐志摩、金岳霖的一生情缘就可验证：对丈夫，她一生忠诚；对朋友，她一生珍重。正因为她的智慧通达和对感情的高贵理解，三位本质意义上的情敌却也是终生好友，这就是林徽因！想到如今俗世间的所谓"人心隔肚皮""逢人且说三分话，未可闲抛一片心"等虚伪掩藏、相互戒备的风气人心，更觉先贤大家的高风难觅。

三

　　20 世纪 30 年代末 40 年代初，因日本侵华，国民党政府被迫迁都重庆，随之，一大批文化人也聚居于此。此时，身为国民参政会参议员也是中华全国文艺界抗敌协会成员的冰心，因病久住在重庆郊外的歌乐山上。她久病不愈，加之国难重重，心情郁闷。为开解她的心情，文艺界的朋友，特别是郭沫若、老舍、冯乃超等经常上山，在山间浓荫下小聚，谈国事，谈创作，谈心情……可谈笑中，仍然难得一见冰心心情有多少开解。未久，老舍给冰心带来一首郭沫若为她所作的五律条幅：

怪道新词少，
病依江上楼。
碧帘锁烟霭，
红烛映清流。
婉婉唱随乐，
殷殷家国忧。
微怜松石瘦，
贞静立山头。

　　朋友重在通心，通心重在解忧。郭沫若的一首五言就通透了冰心此时心境：难怪你最近作品不多，原来一直是在嘉陵江畔的歌乐山上养病啊。看着那日夜锁窗的烟霭，怎能不想到硝烟弥漫的国家，看着那烛光染红的江水，怎能不想到碧血横流的华夏，听着悠悠传来的川江号子，怎能不想到贫弱的劳苦大众！我知道，你的病一半是病，一半是家国之忧啊……

这是冰心之忧，也是郭沫若之忧，又何尝不是举国之忧！忧愁需朋友开解，也需要揭破，揭破才可治愈，这才是朋友间的相知相契。可以想见，冰心每读到悬于壁上的老友提诗，心情会何等慰藉。

我喜欢夜读先贤们的逸事，喜欢仰望他们的风采，更渴望召回他们的魂魄，以为我们的文明赓续传统，洗涤一下日渐不洁的虚伪、实用、趋炎附势、自夸自得、江湖化、圈子化的风气，还世间一股清风。

回 望

回望大师背影

我们谈人、论艺、评作品，不可或缺的往往要看视野、论胸襟、赏灵质、赞哲思，追根溯源，这一切都来自作者的学养、修为和心性。近日读书，尝见一些学人、大师的逸闻趣事，真是俯仰不能，或开怀大笑，或思绪绵绵，或联想翩翩。

1926年，胡适以青年学者、新文化运动闯将之身拜访政界、学界泰斗康有为。一番客气之后，康有为问："你对打倒孔家店很起劲，这家店很难打倒啊……"康有为豪放大笑。

"那都是陈仲甫（陈独秀）先生闹出来的。"胡适两腮微红地答道。

康有为指指胡适的眼镜，玩笑说："视思明，耳思聪，你是个绝顶聪明的人，做过的事要勇于承认，我非常喜欢爱跟我辩论的青年。"

后来刘海粟问胡适对康有为的印象，胡适说："出言惊四座，胸中垒块高。此老博学，平生少见。"而康有为评价胡适："他成名早，不浮躁，能做成大学问。缺点是表里不一，做过的事赖到陈独秀一人身上。但总而言之，还是大才。"

一个是起于"公车上书"的领袖、终于主张"君主立宪"的耆老，一个是携西学而东进的先锋、新文化运动的闯将、《新青年》的掌门人之一、"美国的月亮也比中国圆"的倡导者，两人政见相左、学术主张大异，康有为以长者之姿质问归质问，揶揄归揶揄，但仍能真诚面对、客观评价对方；胡适与康有为虽是两代人，论身份，以他当年的声望地位，不一定低于康，论学问，他要比康新潮得多，或许已将康的一些主张列为批判、打倒的对象，可他仍以后学谦恭之身趋府拜访，在遭到康的一番奚落后，毫无忌恨之意，人前人后都称"此老博学，平生少见"。给予学人间的尊重与真诚。这就是中华传统文化哺育出的士人所拥有的襟怀与君子风。

1916 年，北京大学校长蔡元培"不拘一格降人才"，硬是将年仅 23 岁、毕业于北京顺天中学堂的梁漱溟请入人才荟萃的北大任教，主讲印度哲学。这位"我生有涯愿无尽，心期填海力移山"的年轻人非但没有感激涕零、以恩公的马首是瞻，在读过蔡元培论"仁"的著作后，反而批评蔡元培给"仁"下的定义——"统摄诸德完成人格"让人无可批评，但其价值亦仅止于无可批评。同样是被蔡元培聘来任教的胡适在其《红楼梦考证》中认为，曹雪芹所写《红楼梦》是其家室与身世的一部小说，从而批评蔡元培考证的"宝玉影射清廷某人，黛玉影射的某人，等等，是笨的猜谜，犹如猜无边落木萧萧下为日字一般"，梁、胡两位并未因为蔡是恩公、是领导，就时时毕恭毕敬、三缄其口，哪怕学术观点不同，也俯首帖耳；蔡元培并未因为自己位高权重，就自以为学问见识高人一等，哪怕学术考证不够周全，下级也应给我面子，维护我的权威。相反，他虽不同意梁、胡的意见，但对他们的学问依然非常赞许。这或许就是当年北大学术活跃、个性纷呈、人才济济的原因所在。

又一则趣闻来自周作人的《怀废名》，文中说："有余君与熊翁（熊十力）同住在二道桥，曾告诉我说，一日废名（冯文炳）与熊翁论僧肇，大声争论，忽而静止，则二人已扭打在一处，旋见废名气哄哄地走出，但至次日，乃见废名又来，与熊翁在讨论别的问题矣。"
一个熊十力——著名思想家、哲学家、新儒家学派开山鼻祖；一个冯
文炳——现代文坛著名作家、诗人、京派文学鼻祖，且冯文炳整整小
熊十力16岁，怎么会因为学术之争竟从大声争论到大打出手？真可
以说长者不尊，少者无礼！但从另一个角度说，由此又足见两人的真
性情，为争真理，就要寸步不让，何论长幼，又何论争的方式？绝妙
的是次日"乃见废名又来，与熊翁在讨论别的问题矣"。他们设计较
个人意气以及精神肉体的伤害，他们想的是所争问题的真相所在，这
才是学人的胸怀。

　　1945年的一天，一场极具文人气和君子风的相见更是令人耳目
一新。那天，毛泽东一见小说家张恨水就风趣地说："我在湖南一师
读书时，国文教员袁吉六老师曾嘲笑我的作文是新闻记者手笔。今天
见到张先生，我真是小巫见了大巫。"张恨水连忙谦逊地说："毛先生
雄才大略，大笔如椽，我辈小说家言，岂敢相比。真是惭愧！"毛泽
东向来喜欢了解客人名号，便问："张先生恨水一名想是笔名，很有
味道，愿闻其详。"张恨水答道："我原名心远，恨水是十九岁那年在
苏州投稿时取的笔名，从南唐后主李煜词'自是人生长恨水长东'中
得来，用以勉励自己珍惜时光。可五十年来，仍是蹉跎岁月。"毛泽
东笑说："先生著作等身，不算蹉跎。后主词哀怨凄凉，竟被先生悟
出如此深意，可敬可佩。我也用过笔名，后杨怀中先生为我取名润
芝，以后师友们多叫我润芝。"如果不是读到符家钦先生所著《张恨
水的故事》，谁会知晓这般精彩的场面，两人相见的气氛是如此轻松、
优雅，相互都是给对方以尊重、持自我以谦恭，所谈内容又是从彼此
作品、名号到李煜诗词，完全看不出身份的高下。他们懂得各自的优
长、造诣与价值，因而只有由衷的尊重、欣赏和敬佩……

　　时光荏苒，前辈学人已经渐渐远去，望着他们的背影，依然余晖熠熠，不能不生出种种留恋与重重感叹。

朋友如山　友情如海

"索居易永久，离群难处心。"

——谢灵运

"资善堂中三十载，旧人多是凋零。与君相见最伤情。一尊如旧，聊且话平生。"

——晏殊

"聚散苦匆匆，此恨无穷。今年花胜去年红。可惜明年花更好，知与谁同？"

——欧阳修

"一个不是我们有所求的朋友，才是真正的朋友。"

——英国诗人赫巴德

"真正的友情，是一株成长缓慢的植物。"

——华盛顿

每一根琴弦都想发声，每一颗心都在跳荡，每一个人都害怕孤独，无论诗人、哲人、圣人、江湖人，人人都有感怀，有梦想，有欲求，有不吐不快的倾诉欲，这就需要相互呵护，相互慰藉，相互取暖，相互帮扶。在茫茫人海中，最可依托的对象就是朋友和朋友的友情，缘乎此，历代诗人才留下那么多感人心魂的诗句，在人间大书中才留下那么多感人肺腑的友情佳话。

其中，不能不说的当是苏轼与老友马梦得的友情故事：早年在汴京（开封），两人经纶满腹、雄姿英发，苏轼官至礼部尚书，马梦得太学为官。一天，苏访马未遇，他半是感慨半是调侃地挥笔留下两句杜甫诗："堂上书生空白头，临风三嗅馨香泣。"苏写就怅然而去，马回来读罢此诗，不禁联想多多，想到朝廷——他不能苟同的"王安石新政"风卷残云，容不得半点儿异议，想到自己十年寒窗，难道就干等熬白了头？他越想越觉此诗正戳到自己痛处，于是少年意气迸发，挥笔辞官，飘然而去！未几，苏轼因乌台诗案入狱，出狱后被贬黄州。一介戴罪之臣谪至荒远黄州，无屋、无食、无俸，只好孤苦一人寄居定慧院。从京都到贫地黄州，从堂皇庙堂到僻远寺院，无亲无友无书信，其间所作那首《卜算子》道尽了他凄苦孤独的情状："缺月挂疏桐，漏断人初静。谁见幽人独往来，缥缈孤鸿影。惊起却回头，有恨无人省。拣尽寒枝不肯栖，寂寞沙洲冷。"他"有恨"无处诉，有愁无人解，其"寂寞"只有向冰冷的"沙洲"排遣，对权贵、困顿虽仍不失狷介、清高，可内心的孤寂却总难排遣……困顿中的他每日早晚都听到附近安国寺传来的晨钟暮鼓声，于是寻声趋访，拜识了早已看破红尘、辞掉了皇帝赐予的封号、专心在寺中修行的大和尚继连，两人一见如故，苏轼每日与继连寻佛问道，精神逐渐得以开解。后来，妻儿千里赶来，这让他不能不愁吃穿用度……好在没过多久，昔日好友马梦得闻讯，千里迢迢赶到黄州，见他一家苦况，便向黄州官员徐君猷要求借苏轼一块土地耕种，徐也痛快，当即将黄州城东一块五十亩的军营废弃地拨与苏轼。苏家一家于是从烧荒到耕耘到种大麦，当年即收大麦两千斤，苏轼喜不自胜，以小豆与大麦相掺蒸饭，自己吃得津津有味，儿子却说像是嚼虱子，夫唱妇随的夫人王闰之却笑称此饭为"新鲜二红饭"，出于感激与珍爱，苏轼受白居易的启发，将他耕种的五十亩地称为"东坡"，也将自己改称"东坡居士"。此时，他的朋友圈也不断扩大到凡他接触过的当地农人、渔人、樵夫，他和他们一起喝酒、烤肉、聊天、讲鬼，而且自己动手酿酒、做东坡饼……这位高官士大夫完全成了黄州农民中的一员。他的身份虽降低，精神世界却急剧拓展超拔，有《定风波》一词为证，一日他去沙湖，途中遇雨，因吟道："莫听穿林打叶声，何妨吟啸且徐行。竹杖芒鞋轻胜马，谁怕？一蓑烟雨任平生。料峭春风吹酒醒，微冷，山头斜照却相迎。回首向来萧瑟处，归去，也无风雨也无晴。"此词写的是外出的途中遇雨，其吟的何尝不是内在的人生遭际、精神开拔与持守：山雨中，我的竹杖芒鞋比骑马走得轻快，有什么可怕？我身披一袭蓑衣，任你什么烟雨摧折！走过种种艰困坎坷回头再看，岂不"也无风雨也无晴"！从中既可看出他面对环境变化的坚毅乐观，又可看出他对人生遭际的超拔和哲思。

回首他被贬黄州的生活，其精神的飞升已达到了一个全新的境界。这既有他天性的睿智旷达，更有朋友友情的助力：如果没有名僧继连与他晨昏参佛论道，他仍难解脱初至黄州的孤独苦闷；如果没有马梦得赶赴千里与他同甘共苦心灵相慰并借得五十亩东坡地，他一家生活难以为继，怕也难走出佛与道的玄妙世界；如果没有那些村夫野老与他话农桑说天气，他也很难知道众生所思所想；如果没有儿子的调皮、妻子的温婉，他的心也早已干枯……足见，任何人都离不开友人与友谊的滋润与浇灌。

人人皆然，东方的诗人文士如此，西方的艺术家亦然。毕加索，这位生活创作于巴黎的西班牙画家一生色彩斑斓、风格卓异，其现代派、后现代派、野兽派艺术手法交相辉映，一生作品高达六万至八万件，独领画坛风骚近一个世纪。可到了 90 岁后，他顿感孤独和危机。不是没有亲友，可他发觉亲友们虽个个笑脸阿谀，却都是朝他的画作而来；不是没有健康，可他却越来越感到听不到真诚的话语、得不到真心相待。一个窃取他作品的黑影时时在周围徘徊，他不得不请来一位名叫盖内克的安装工为他安装门窗防盗网。盖内克没什么文化却朴实憨厚坦率，他从没视这位艺术大师为什么超人，常常一边干活儿一边同毕加索天南地北地聊天，毕加索和他聊起来也几乎恢复了童真，特别愉快，兴之所至，他边聊边为他画了一张肖像相送。盖内克拿到手里看了很久都看不出什么名堂，于是退还毕加索说："我看不懂，还给你吧，你要想送我什么，就把你家厨房那把大扳手送我吧，那对我很有用。"毕加索自然照办，而且越来越觉出他的可爱。那些日子，毕加索像孩子一样，每天和他聊得不亦乐乎，为了能多跟他聊天，毕加索不断延展工期，还陆陆续续送了他不少的画，说："你才是我真正的朋友，这些画应该属于你。"此时他再不孤独，他精神矍铄，又进入了一个新的创作高峰。可惜，1973 年 4 月 8 日，93 岁的毕加索无疾而终。听到噩耗，盖内克非常悲痛，他打开皮箱，深情地看着毕加索生前送他的一幅幅画作，数了数，共有 271 幅。已经年老的他知道，哪怕只卖掉皮箱里的一幅画，也够他颐养天年了，但他将它们重新装入皮箱，照常日日打工。2010 年 12 月，盖内克也已趋近晚年，他没告诉包括家人在内的任何人，毅然做了一个决定：他提起皮箱，将毕加索送他的 271 幅画作悉数捐给法国文物机构！这一举动轰动了巴黎，轰动了世界，当记者问他为什么这样做时，他依然坦率执着地说："毕加索生前曾对我说，我才是他真正的朋友。真正的朋友就不能占有他的作品，只能悉心保管，我将这些画捐给文物机构，才能得到更好的保管。"

回 望

　　毕加索和盖内克，这才是真朋友，真友情，不为攀附权贵而得权，不为觊觎财富而生利，不为掠人名望而得名，只为两情相悦、两心相得，这才是朋友如山，友情如海！环望今天某些以实用主义为宗旨的人际关系，我们真不能不大声呼唤：让那些失落的朋友和友情，魂兮归来！

他们的故事

近日读书，常被前贤往事拉入他们身边，仰望他们的丰仪，氤氲他们的气韵，聆听他们的话语，或心生敬畏，或哂然而笑，或思之憬然……

—

20世纪三四十年代的一天，李苦禅跨入老师齐白石的家门。他见老师正在画室展纸作画，于是悄悄站于身后，静心欣赏。良久，老师画毕，他趋前细赏，只见一幅群猴徜徉于山岩的画幅跃然纸上：那山岩气韵逼真，那些猴子调皮可爱，浓郁的自然景观扑面而来……他再细看，不由说道："先生，这猴子虽然活泼可爱，可那只老猴子为什么有胡子呢……我看过街头艺人耍猴子的，也问过他们，猴子是不长胡子的，先生今日之画，所依何据？"听了李苦禅这番话，齐白石恍然大悟，指着画中有胡子的老猴子说："幸你提醒，言之固当，言之固当。"之后，他将画好的那幅画抓在手中，撕成几条，揉作一团，扔进了废纸筐，眼望李苦禅泰然说："这样的东西弃之不可惜，于人于己都有好处，如果惋惜，那就因小失大了。"

　　大师之所以成为大师，总不是从天而降的，首先他能谦恭待人，听取各方意见，哪管是自己的部属、学生乃至里巷斗民的评说也要认真思考，因为你的作品是给所有人看的。艺术的天职和宿命就是寻找真善美，塑造真善美，如若不真，善与美从何而来？所以齐白石才说"这样的东西弃之不可惜，于人于己都有好处，如果惋惜，那就因小失大了"。失什么大？失艺术之大！而这才是真正的艺术家万不可为之事！行文至此，不由想起影视剧中的一些现象：近日，几乎无人不谈电视剧《人世间》，且不说此剧的题旨、故事、结构、人物，就说那营造时代、地域氛围的一个个空镜头：不时飘洒于光字片上空的雪花、悬挂在低矮屋檐上的冰凌，它们不仅营造出那个年代那个城市那群剧中人生存环境的氛围，也以无声的笔触描摹出了剧中人彼时彼刻的情感脉动和命运跌宕，这就是艺术之真的力量！相反，也有一些影视作品，一演到北京，就是高墙大门四合院，室内更是厅堂高雅、明清家具林立，哪管主人只是年迈的匠人或遗老；一演到上海，哪管是退休教师或刚升任的公司高管，转身就是豪车豪宅、钻戒华服……创作者或许真是煞费了苦心，并且耗资不菲，却已经将观众甩出戏外！为什么？因为不真，不真实的环境氛围已经败了观众的胃口，我们几乎是与剧中人一起走过来的同代人，在岁月的颠荡中，哪个平常人家还有这样的院落陈设？一着失真，处处见伪，这失真的伪饰了的环境氛围已经使观众看出这剧中的人和事也是虚假编造的"膺品"！这就应了齐白石所说的"因小失大"了。为什么又"适得其反"？因为创作者已经遗忘了艺术的使命和宿命：求真，才能达善至美。

二

在北京大学建校五十二周年纪念大会上，傅斯年在其演说中评价几位前辈名人说："孟邻（蒋梦麟号）先生学问不如孑民（蔡元培字）先生，办事却比蔡先生高明。我的学问比不上胡适先生，但我办事却比胡适先生高明。"最后，他笑批蔡、胡两先生说："这两位先生的办事，真不敢恭维。"当他讲完走下台后，蒋梦麟笑对他说："孟真（傅斯年字），你这话对极了。所以他们两位是北大的功臣，我们两个人不过是北大的'功狗'。"傅斯年听后笑着溜走了。

这段陈年趣事的记载虽只短短几行，却是有环境，有人物，有对话，有神态，特别是傅斯年和蒋梦麟的笑谈和傅斯年的"笑着溜走"，更活灵活现地烘托出北大当年的自由环境及学术气氛，亦即当年学界倡导的"民主之思想，自由之精神"。如果没有这样的精神并人人身体力行的环境，傅斯年是万万不敢也不肯在如此严肃的场合，分析批评自己的上司和前辈恩师的。更有趣的是，他不仅在大庭广众中批评了尊者长者，还在之后与蒋梦麟一起调侃了彼此，且这调侃并无不平和愤然，而是心悦诚服地接受了自己仅为"功狗"的事实，不信？他"笑着溜走了"就是证词。

生之为人，很少有什么"全才""通才"，人人都有长项与弱项，这才有"闻道有先后，术业有专攻"之说，何况通常大抵是学者们精深学问，管理事务的能力就较差；管理型的人因要面面俱到，也很难专心钻研于某门学问，因此学问不精。推想，因傅斯年所说的四人相比大体如实，即使被批评的蔡元培、胡适二人也不得不服气。

百年以来，批评与自我批评已成了党的光荣传统。因为只有发扬这种精神、倡导这种作风，才能纠正错误，轻装前进；才能割除痼疾，健康前行；才能冲破重重险阻，抵达胜利彼岸！自然，要真正做到批评与自我批评，就要不分职位高下、不论资历深浅、不分辈分长幼，批评者心无旁骛，被批评者谦虚通达，这才是赤子之心，这才是贤者的修为。若能如此，必然是家庭合乐，社会健康，国家昌隆。

三

　　梁启超曾任清华大学研究院导师，桃李满天下，可他最关心爱护的还是徐志摩。1926 年，徐志摩与陆小曼结婚，由于徐志摩之父的坚请和胡适的劝说，梁启超出席了在北京北海公园举行的徐、陆婚礼并做证婚人，一阵寒暄祝贺后，婚礼举行，面对百多位亲朋宾客，梁一脸严肃地说："徐志摩，你这个人性情浮躁，所以学问方面没有成就。你这个人用情不专，以致离婚再结婚的，都是用情不专，今后要痛自悔悟。祝你们这一次是最后一次结婚！"之后，梁在给儿子梁思永、梁思远的信中也说，听了他的教训，新人及满堂宾客无不失色，此恐是中外古今所未闻之婚礼矣。

　　这的确是古今未闻之婚礼，也是古今未闻之证婚人的祝词！一代著名学者、新郎尊敬的导师、婚礼证婚人竟在大喜之日面对百多位宾客，对新郎的学问、私德进行了揭老底的批评！我们不在现场，未见徐志摩、陆小曼这对新人是何等形态，可以想象的是，他们大约是一样地涨红着脸沉默不语的。这需要何等的襟怀、何等的隐忍啊！无人不知，诗人大多敏感，狂傲，落拓不羁，徐志摩性格再柔和，怕是也难于忍受他的师长在主持他婚礼的大庭广众中，面对他深爱的新婚妻子，如此贬损他的人品和学问！但是他忍了。为什么？我推想，一是因梁启超乃德高望重的一代宗师，二是他知道梁是出于真的爱护、出于恨铁不成钢之心，三也是最重要的徐志摩的胸襟、气度和感恩尊贤的品格修养，否则，一位当代星辰般的著名诗人是万难不起而抗击的。

今天看来，梁启超的批评也未必十分得当。我以为，作家、诗人大抵可分三种类型：一是学者型，他们作学问艰苦笃实、一丝不苟，自是学问扎实，成就斐然，但这类作家往往才情不足，难有石破天惊之作；二是才子型，自古才子多风流，他们很难悬梁刺股、啃破万卷书，但却才华横溢、激情奔涌，往往能作出常人写不出的妙品绝作，如徐志摩等大多应属这种类型；三是学者型加才子型，这当然最为珍贵，却是少之又少。梁启超对此不会不知晓，因此，他对徐志摩这样的批评未免有些求全责备。至于徐志摩的风流成性，对，成性，可以说已无人不知：已与大家闺秀张幼仪结婚生子的他，一见十六岁的林徽因就如痴如醉，为了追求她，这位在剑桥大学攻读哲学和政治经济学的学子竟夜夜思念，日日赋诗，终成一代抒情诗人。追求未果，林徽因与梁思成终成眷属后，他还是离开了原配张幼仪，与另一位他心仪的美女加才女，也是为他而离异的陆小曼成婚。不知是风流种子未灭还是诗人的宿命，他终是为出席一个林徽因的艺术活动，在从上海匆匆飞往北京的飞机上坠机身亡，年仅 35 岁……且不说诗人中年殒命的悲哀，以及给中国近代诗坛带来的损失，还是回到梁氏对其批评的事情上来：不能不说梁启超的批评是一语中的、正中要害，但其峻厉不容、不留一点儿面子，连梁氏自己也深以为然，以致在给儿子的信中说，他这个婚礼致辞"恐是中外古今所未闻之婚礼（致词）矣"。对此，我们只能推断为他是出于爱之深、殷之切的师长之忧，其实又何尝不是兼秉徐志摩之父和胡适之意！否则，事情记载之初，就不会有徐父"坚请和胡适劝说"之说。事后，梁启超或则也不能不暗自叹息：本为三人之意，只不过借我的嘴，让我做了一次"恶人"！稍知些历史的人或许早已知道，诲人不倦的一代宗师梁启超虽"用情专一"，却早已将妻子随身丫头纳为房中妾；遵从母命、"从一而终"的道德文章完人胡适也不止一次生出婚外情，这就是道德伦理与人性欲望的悖论，谁能说得清楚？徐志摩自然也深领其情其意其世态人情，那高贵的诗人之头也只得低得低低的。

　　一位位先贤大家已经远去，读着他们留下的故事，不能不令人思绪绵绵……

幽默的色彩

　　近读《百年中国大师恩怨录》，一段文坛往事令我始尔喷然大笑，继而百思难忘：1936 年秋，与老舍同是旗人子弟、昔日北京市立师范学校同窗、当时的北大教授罗常培请老舍到北大二院礼堂演讲，题目是：怎样搞文艺。老舍环顾满堂肃穆的听者后说："搞文艺必须像烤白薯，要有热乎劲儿！"此言一出，听众大笑。

　　初看，这的确有些风马牛不相及，似乎像刘姥姥进了大观园，我不知老舍后来是如何阐发的，但细想之下，又形象得丝丝入理：老舍所谓的"热乎劲"当指热情与激情，没有热情与激情，自然进入不了创作状态，即使勉强写出也只是无色无味的温吞水，就如没用火烤过的白薯，仍是又生又硬的生薯；烤白薯所以好吃，还要看火候，火候不足，生硬而不得味，火候太过，发苦还浪费，这又何尝不是创作的分寸感！烤白薯若想诱人，还得有出众的色彩，无论黄瓤还是白瓤，都让人见色吟味，这又何尝不是创作的诗情底蕴和诗性语言！老舍讲的是文艺创作，其实，无论音乐、绘画、影视作品的创作，都与"烤白薯论"有异曲同工之妙！

　　难怪有人说"幽默是智慧的表现"——没有老舍式的智慧，绝无老舍式的幽默。如果换一位缺少智慧的人来讲这么一个既严肃又艰深的话题，想必又要正襟危坐，条分缕析，归纳出一堆其一其二

回 望

其三……

　　幽默不仅可以化繁为简、化雅为俗、化艰深为浅显，还可以突破烦恼、尴尬，冲出一条轻松、快活的路。20 世纪 60 年代，林语堂从美国返回中国台北定居，有一年，一所学校邀请他和一众社会名流出席那届学生的毕业典礼。这自然是一件严肃又神圣的事，为此，大家轮番上台讲演。林语堂讲演时大家已经坐了很长时间，又饿又热，谁还有心思听？他笑眯眯地说："绅士的讲演，应该像女人的裙子，越短越好……"此言一出，掌声雷动。第二天，其他名流的讲演报纸上没登多少，林语堂的话倒是家家报纸全文刊登，此后更成了流传久远的佳话和名言。这个比喻是不是有些不合时宜？会不会有些轻佻？至今无人挑剔，因为幽默的智慧雅俗共赏，其深刻与传神隽永弥新。

　　善于幽默靠智慧，敢于幽默则靠自信。不自信的人成日活在别人的世界里，生怕别人的轻慢、不敬、不屑和闲言碎语。故此，他们无时无刻不以严整、肃穆的面貌出现在世人面前，若逢正经场合，更要以君子、绅士甚至"大师"的面貌示人。自信者则不然，他们活在自己的世界里，始终从容自若，以真性情面对一切，有时甚至还有意当众露一下自己的"丑"：抗战胜利后，国立编译馆牵头举办了一台劳军晚会，老舍自告奋勇准备表演一段对口相声，而他选中的搭档正是梁实秋。排练时，在梁实秋的执意要求下，老舍同意用折扇敲他的头时只是虚着比画一下而不要真的打头。到了正式演出那天，两人长衫布鞋走上台后就绷紧了脸，如泥塑木雕般站在台前，久久不语。观众见此笑得前仰后合，不能自已，以致他们俩只能在笑声的间隙互捧互逗，说到该用折扇敲头的段落，不知是老舍太激动忘记了，还是有意违背承诺，竟抄起折扇朝梁实秋狠狠打去！梁实秋见来势不妙，急忙一躲，折扇正好打落了他的眼镜。说时迟那时快，梁实秋双手向上平伸，托住了急速落下的眼镜，托住眼镜的梁实秋此时更是沉静自若，保持住那个姿势久久不动，于是又一波喝彩声经久不息，有观众甚至认为这是他的绝活儿，高喊着："再来一回！"

相声本是平民艺术，两位文坛大家竟然当众出洋相，岂不有失斯文？可实际的效果恰恰相反，非但没有损伤文人风度，反而拉近了他们与观众的距离，增添了不少亲和力，也卸去了身为名人的拘谨和压力。这世间最大的欢乐莫过于在放松自己的同时也让别人感到放松，人人都心无旁骛地享受情性、享受天籁、享受自然赋予的一切。

回 望

语言是文明的眼睛

　　新冠疫情绵延，困守家中，多年来少有地感到百无聊赖，也多年来少有地成了时间富翁，于是翻读历代名家名作。有些名篇虽曾读过诵过引用过，今日读来却益觉理趣生辉、魅力不凡，于是读之诵之解之悟之，竟不觉与先贤大家同游同饮同叹同思，将狭促的寂寞拉向名山大川，将枯索的思路拓展为生命的追寻。

　　"天朗气清，惠风和畅，仰观宇宙之大，俯察品类之盛，所以游目骋怀，足以极视听之娱，信可乐也……"熟悉王羲之《兰亭集序》者自然能一眼看出，这是作者在描述了兰亭的地理形貌和初春的美景之后，与众友人见景生情，生发出的高朗清虚、睿智旷达的感怀之情。读到这里，又有谁不会随着作者之心，敞开胸襟吸纳自然之美，展开双臂欲拥宇宙于怀！

　　"落霞与孤鹜齐飞，秋水共长天一色……"这是王勃在《秋日登洪府滕王阁饯别序》中，身临阁前山江之中，心沐江南九月仲秋之景，诗情勃动奔突而出、至今流传的名句，读着它们，犹如绝美的画面氤氲四野，犹如可见可触的旋律流淌天地，有几人能不陶醉不沉迷！

　　然而，这些都只是文章之目，而非文章之心。无论王羲之还是王勃，都是由景入情，由情入思，思什么？修身，修心，悟生命之

080

蕴，想大宇之广。王羲之说："向之所欣，俯仰之间，已为陈迹，犹不能不以之兴怀；况修短随化，终期于尽……"他在陶醉于众友人且欢聚且怡然的眼前情形中，不由得想到人生存于世的心情、变化和寿数长短。回过头来想，虽然人人逃不过有期的寿数，还是应将自己感受的"兴怀"情致如实写下，以享"后之览者"。正是托福于他的这种情致，我们才有幸于两千年后得以享受这篇情理并茂的美文。王勃在《秋日登洪府滕王阁饯别序》中更在写秋景抒生死后，通过回顾古之贤者圣者勇者寿者感发说："老当益壮，宁移白首之心；穷且益坚，不坠青云之志……北海虽赊，扶摇可接。东隅已逝，桑榆非晚。"读着这些亘古生辉、哲思滔滔的名句，我们怎能不为他们的才情见识击节，怎能不为他们如诗如赋的语言叫绝！可敬可羡的是，写此文时，王勃不过 24 岁，更可叹可悼的是，两个月后，他就在探视于交趾（今越南）为官的父亲途中渡海时落水身亡！

周敦颐在《爱莲说》中赞美莲花："出淤泥而不染，濯清涟而不妖，中通外直，不蔓不枝，香远益清，亭亭净植，可远观而不可亵玩焉。"借莲喻人，他几乎将世间理想之君子风描画得形神毕肖、鞭辟入里：既为君子，就该纤尘不染，不谄不媚，坦诚待世，清气香远。刘禹锡则从实至虚、自物至神，他在其《陋室铭》开篇就借感发自己的陋室说："山不在高，有仙则名，水不在深，有龙则灵。"其境界是何其高远，其胸襟又何其超迈！他借山借水告诉人们：切莫为权势、财富、名位遮住眼睛，人的真正价值是"仙"是"龙"！何谓"仙""龙"？窃以为，是人的学养、修为、性情、襟怀。

上述诸公虽于作品中胸次、文采各逞风流，但窃以为，上忧天、下忧民者当属范仲淹在《岳阳楼记》中所披胸臆："不以物喜，不以己悲，居庙堂之高则忧其民，处江湖之远则忧其君。是进亦忧，退亦忧。然则何时而乐耶？其必曰'先天下之忧而忧，后天下之乐而乐'乎！噫！微斯人，吾谁与归！"这段既接庙堂又接生民的话已经流传千年，早已成为不少仁人志士的座右铭，自不必多说，难得的是，此时的范仲淹并不是官居高位，向众人唱高调、发号召，相反，他此时正被贬官在外，身处"江湖之远"，可他既没有牢骚满腹恨人恨命，也没有独善其身落得清闲，而是忧心忡忡：若他的这些抱负志向没多少人认同，他将与谁为伴去实践去奋斗？！

艺术所以魅力无穷，自然靠艺术家们的题旨哲思，但最终奏效还要靠各自的技法修为之器：君不见，色彩是绘画之舟，旋律为音乐之翅，文学之所以称为语言艺术，是因为若没有语言的描述阐发，不管其洪钟大吕声震寰宇，还是其小桥流水妙曼如歌，也难达艺术彼岸。正因为如上面所引那些先贤大家的语言养成和修炼，才留下了他们的诗心诗蕴、风情风骨、胸襟哲思，也才铸成了中华民族文明古国的形象，铸成了东方诗国的风姿。

诚然，语言极具时代性，随着时代的演进，语言自会不断丰富更新。已经到了信息时代的社会，岂能仍唱着农耕文明的牧歌式老调？然而，更新与丰富应是在淘汰糟粕、赓续且弘扬精华的根基上，注入新鲜健康青春光华的种子，使华夏语言大树更加庄穆辉煌、生机妙曼，使其上不愧祖先，下荫及后人。

大疫岁月读书声

——《美与光明共书香》序

眦目狞笑着的疫情正向人类发起疯狂进攻，我们正被迫隔离与被隔离，我们在经历着一场人类与病毒之战。

无疑，投入这场战争的主将只能是病毒学家和众多医护人员，还有不分肤色不分国界的全人类。可作为人类的一员，我们能做什么？网时读书会和北京市第二图书馆的成员们给了一个切实的回答：防疫，思考，读书，写作。这就是这部图书出版的背景和初衷，它或许并不丰博宏大，却是一部以心书写的历史记录。

也许有人认为读书、写作无关宏旨，不过是少数无聊文人的事，其实大谬不然。孔子早在《礼记·大学》中就说："古之欲明明德于天下者，先治其国；欲治其国者，先齐其家；欲齐其家者，先修其身；欲修其身者，先正其心；欲正其心者，先诚其意；欲诚其意者，先致其知……""知"来何处？读万卷书，行万里路，可见，无论是为意诚、心正、修身、齐家、治国，都要以读书明理、学问丰博为根基，否则，雄心再大、梦想再美，都只能是空中楼阁、水中望月，制胜眼前这场人类与病毒的战争亦然！

正如本书的内容构成：读书·光明·美。试想，当宇宙混沌初开，天地鸿蒙，一片赤地，一群群茹毛饮血的原初人类，为了生存，

回 望

只好到处寻找，到处开凿，到处狩猎，到处游荡……终于，靠他们本能的生存欲望，学会了劳动，发明了文字，创造了由简单粗粝到精微细密的科学技术。然而，灾难、战争、瘟疫……总是如影随形，从没离开过人类行进的路。可人类从没认输，他们总是在灾难横生的人生之旅中研习、探索、革命，心志一天天坚执，学问一天天丰盈，智慧一天天超越，从欧洲的文艺复兴、英国的工业革命直到今天的信息时代——5G 时代，人类迎来了自己创造、自己开拓的文明与光明。我们走到了今天，靠着读书、研发、双手和双脚！可若没有一代代后人读着一代代先人以他们靠自己思考、体悟所著之大书，我们万万走不出如此辉煌美丽的长路。

我们已经积攒了审美、求美、塑造美的资本和欲望，然而举目遍览，如今遍布世界的现象却不能不令人慨然兴叹：不少的广告、招牌、字幕及至一些报纸、杂志、图书，错字、别字、同音不同义的字词的滥用，真让人欲哭无泪……腹有诗书气自华，尽管这个金句如今不少人已能脱口而出，可由于金钱、奢靡、虚荣、享乐的种种诱惑和裹胁，一些人已经浮躁得无暇读书、无暇感悟，更从来没有诗书入腹，这使他们认假为真、认丑为美、认俗为雅、认痞为帅、认贱为酷……网时读书会和北京市第二图书馆正是从这点出发，邀约诸多作家和书友，以其所得所感写了各自所悟。这些文字篇篇短小精悍，有的文情并茂，有的别有洞见，以期助力廓清世风，使读者读后有所裨益，共同享受读书之乐，共同拥有诗样的气质和风华。

书的尴尬与忧伤

《书情书》，我一下子被这本书名不像书的书吸引住，细看，是德国一位名叫布克哈德·施皮南的作家所写、一位名强朝晖的译者所译，完全是两个陌生的名字。后经查明，原来作者是一位自幼读书成癖、终生藏书如痴的德国现代作家，译者则是一位自幼习德文、现以译书为业的中国前女外交官，如今已有《世界的演变》《亢奋战》《中国革命》等十余部译著问世。作者和译者的身份都引起我的兴趣，我不能不读下去，所写内容也颇别致，从头至尾谈书：书的由来、衍变、气味、性情、遭际……直至书的前世今生和未来归宿。于此，也就理解了这书名的由来和含义。

正是他乡遇故知，相逢我这个多半生编书、写书、与书相伴的读者，怎能不边读边想、希望弄个究竟！他认为"每一本书都是对文字的一种奖赏""书籍是文字世界里的房子""书里的内容绝非凡俗之物"，它是"人类文化和文明最卓越或许也是最本真的表现形式""它是高雅和尊严的化身"……看得出，作者对书籍是何等敬畏和崇拜！尽管地域不同、文字乃至文化各异，西方和东方同样对这由文字构成的书籍顶礼膜拜，从"文章千古事，得失寸心知""半部论语治天下""书不千轴，不可以语化"到"书中自有黄金屋……书中自有颜如玉""万般皆下品，惟有读书高"……从普通人的绳床瓦灶，到有志者们"修身，齐家，治国，平天下"，我们的先贤古圣已经将读书、著书的崇高尊贵推举到无以复加的地步！正是在这种价值选择的沿袭下，中华民族才出现了那么多星光璀璨的诗词大家、著作等身的古圣鸿儒，以至五千年文明绵延至今的盛况。

也是有幸于这种价值选择的庇佑，当我从"文革"岁月，终于走到出版社编书的书桌前审读、编辑着那一部部书稿时，我似乎从每一行书稿中都闻到久违的书香，从眼前的字里行间都看到作者的怦怦心动和莹莹泪光；待到自己写书，看着一行行飞动在稿纸上的字迹，似乎看到了自己心与泪的搅拌，听着笔尖划在纸上的声息，总有一种庄严与神圣油然而生……

转眼到了 20 世纪 90 年代初，计算机出现了，接着就是网络，人们对这尚在陌生的新事物雀跃欢呼：以后再不用一个字一个字地写作了！不久，中国作协就陆续开了好几次"换笔会"，都是散文家柳萌兄拉我前去。此公虽人生坎坷，却童心不泯，最善于接受新事物，每次开完会都兴奋不已，嚷嚷着换笔换笔，我却不以为然，说：计算机是机械，我们想的、写的都是形象思维，用机械写形象岂不相互干扰！何况我不会拉丁字母构成的汉语拼音，于是我们各行其是，柳萌老兄不久就改用计算机，说他用五笔字型打字每天能写几千字，而且写后不用誊抄邮寄，计算机一发就可到编辑部（嗟呼，柳萌兄已去世三年多，行文至此，不能不心生伤痛）。我依旧以纸笔书写。可看到朋友们陆续改为计算机敲字，又常常心生惴惴，一次问诗人徐刚以何为笔？他笑望着我说：当然还是纸笔，因为以纸笔为媒可生灵感，是一种写作享受。我知道，他善绘画、喜书法，自是对汉字感情更深。后又问严歌苓，她说她都是以纸笔写初稿，之后在计算机完稿。作家万千，写作状态和方法自是不同，我虽有了同道和半同道，但现代科技已经改变了种种社会生态。近年来，无论报纸、杂志和出版社都要电子版稿件，无论你写作习惯如何，只能随着流变前行，几年前我不得不改为在平板笔记本上手写，这是不得不为的折中，既可手写，也有了电子版。

心稍有安中，《书情书》为我敲响了警钟，此书的引子即标题——"马匹与书籍"，虽不解作者为什么将这两个风马牛不相及的事拼在一起，但还是先读下去。它追述以往，说1880年的曼哈顿大约有八万匹马；19世纪、20世纪之交的伦敦，有马三十万匹；同一时期的柏林，仅用于公共交通和出租业的役马就多达三万匹，用于邮政业的还有一千六百匹之多。那时的城市里，马无处不在，它们要住马棚马厩，要吃饲料，伦敦城里的马每天都要消耗一千二百吨燕麦和两千吨干草，它们吃后要排便，每匹马每天都会排出大约十五公斤粪便，有人甚至担心，终有一天城市将会被马粪淹没……然而，因为运输、邮政以及一切生活用度都离不开马匹，一旦打起仗来，马匹从来都是军事实力的基础保障，因为那时的骑兵最具杀伤力！因之，自古以来，马匹都是财富、权力和地位的象征，以致国王请画家为自己绘制肖像时都喜欢用马作陪衬，不少贵族和王室的徽章至今都以马做装饰，足见马的尊贵与显赫！然而，自1900年之后，马匹就逐渐退出城市、乡村和军队，而被人类发明的汽车、坦克、拖拉机所替代。面对这些滚滚轰鸣的"怪物"，无论是不忍还是不服都只能徒叹奈何，因为这些机械的功力已远远超出马匹的速度、承载力和杀伤力。马匹，"这个曾经人类离开它便无从立足的生物，最终只能以有生命的休闲和运动器材为自己找到了归宿"。且不要为马匹悲鸣，也不要慨叹人类的实用和残忍，"适者生存"，这个被达尔文早已验证了的一切生物的生存铁律高悬头上，要摆脱，就是自取灭亡！

　　由此及彼，半生视书如命的布克哈德由马的命运想到纸质书的命运，这虽看似互不相干，可从规律循又有什么两样！今天，数字化、网络化已经风行于世，自从有了邮件和即时通信平台，再没多少人肯以纸写的书信沟通信息、联络感情。布克哈德和我一样，我们仍执着又无力地呼喊着。

　　然而，没人能挡住潮流，科技进步和科学发明同样没人能挡，但愿发明者们能以他们的聪明才智为传统书籍的写作、出版、书籍形态寻到一个完美的新生和归宿。这喊声虽然日渐低微和悲沉，可布克哈德们还是禁不住自己的笔和嘴。

叩问生命

不记得 20 世纪 90 年代初的哪年哪月，我还住在东四北大街的一座楼上，为参加一次文学活动，我供职的中国青年出版社先派车接我，之后接史铁生同车前往。只记得当人们从楼上将轮椅上的他抬下楼时，因其高大壮实的身量，各人头上都冒满了汗，他却只能以感激、愧疚又疼痛的皱眉微笑，表达谢意……二十多年后，我搬来安定门内，他却早已寂寂黄泉，我和他虽然只此一面之缘，甚至还来不及问他何以从地坛附近的某胡同搬至东二环外的那座居民楼（或是来此访友），阴差阳错地，从前他每天前往的地坛，成了我现在每天必去的所在。不同的是，他当年看到的是满目荒凉，我今天看到的却是废园复生后的种种；他不得不靠的是咯吱作响的轮椅，我仍然可以依靠的却是日渐衰退的双腿。

每到黄昏，我必穿过北二环，或轻快或吃力地走入地坛南门。进了园门，环东向北，赏百年古柏，看欣欣绿地，每见奇树异卉，便习惯性地想要看个究竟。那天刚走入"中医药养生文化园"，便见左侧一树的树叶有趣，其叶片形色与槐叶别无二致，可一片片叶片却十分巧妙地组成蝴蝶形状，微风吹来，枝叶飘动，就像大片蝶群绕树飞舞……看看树干标牌，原来此树名"蝴蝶槐"。又一天，拐过蝴蝶槐向北，在树丛中，又见一主干矮壮的树，只见它其形虽矮，却器宇不凡，那如伞的树冠张扬跋扈，那蓄力待发的枝干盘曲如龙，再看它的叶片，也是一样的嫩绿槐叶，看看标牌，名"龙爪槐"。我深吸一口气，不由得为大自然的神秘幽深而折服：何以槐树如此丰富，何以唯它成为北京的市树？原来早在周代，宫外就植三槐树，当年三公朝天子时，即面向三槐恭敬而立，此后人们便以三槐喻三公之位。槐，也便平添了高贵神圣之气，加之其生命力旺盛，抗寒耐旱，易于北方生长，于是，唐都长安、东晋南京、北魏洛阳都将其植为道边树，以为槐荫翳翳，吹遍了满城君子风。

虽说槐树位高名显，地坛内，最多最盛最富阵容的还是古柏，窃想，这自然因为它坚韧、庄穆、清雅、极富生命力，其寓意又是长生不老、百年不衰，自然人人敬之、爱之，皇家坛苑，唯它可以相配相宜。后来查书，原来不光源自柏之形象，其内涵更是其来有自，有专家考证：远在上古，因贝壳呈圆锥之状，于是唤起上古人生殖崇拜情结，而且有感必用，直接反映就是以贝壳为货币，以示高贵。继而，因"贝""柏"音近，即将贝树呼为柏树，因之，柏树也被赋予了一定的生殖崇拜意义。何为生殖崇拜？新生、永生、转生。既如此，此后凡宫苑、园林、墓地无不广植柏树。地坛，这每年王公大臣祭地之坛岂能柏园不盛！它的确翁翁郁郁、气象不凡，光百年以上者就有168 株，300 年以上者有整整80 株！方泽坛四周更是拥拥攘攘，几成古柏世界！往往清风徐来，柏香弥漫，让人不能不醉。无论春风沉醉的黄昏，还是黄叶坠落的秋晚，我最心醉神迷的还是那些300 年高龄的桧柏和500 年高龄的侧柏，抚着它被岁月磨蚀得几近干裂剥落的树干，我似乎触到它慈祥的心跳和关爱的体温，望着它轻轻摇动的枝叶，我似乎听到它讲述的前世今生和生命的原蕴灵质。膜拜近前，不知多少回，禁不住眼眶湿润，不知多少回，禁不住仰天长啸！它让我在困惑中看到了一线光亮，在无奈中赏到了些许甘润，让我几近干涸的心重新有了诗和梦……

也不时观人，不记得已看过多少地坛中人。大疫之年，来地坛者大大超过往年，因为这里地旷人稀，花树葱茏，自是消遣避疫好场所，特别夏秋时节，满身婚纱的拍照者、唱歌跳舞的摆拍者、练声票戏的票友们……真是香衣艳影、咿呀盈盈，几乎早将疫病赶出了地球！然而，几乎天天来日日来的还是那些中老年人，距东门不远处的门球场，每到黄昏，都有一些老年男女手握球杆认真练球或参赛，他们虽大多眼花腿迟，却经常为一球的进出耗尽心力，进了球开怀大笑，错失未进，往往捶胸顿足。我猜想，他们比赛结束晚上回家，或许还要喝上一盅……人老腿先老，为了延缓腿的衰老和保持全身机能，近年来全球人类都大兴走路之风，应该源出于此。然而，健身更要健心，健心最要者当推心情愉悦、精神兴奋，这就莫过于痴迷某种爱好和参与竞技比赛，此时人人青春勃发、谁还记得老之已至？我理解并赞赏这些老者日日热衷的门球比赛。另一景在牡丹园旁一座凉亭中，那里常是琴声悠扬、生旦净末曲声不绝。一日黄昏，我刚绕钟楼东行，就听到不远处传来悠悠京胡声，继而就是一对老生与花脸的对唱，其行腔走板、吐字发音着实令我这半通不通的京剧迷陶醉，以为是身边走路人随身携带的半导体传出的，可他那里正说着评书《林海雪原》。于是寻声东行，来到牡丹园旁凉亭外，原来是一位长髯老者操琴，两位五六十岁的大妈在对唱，未见其人时猜想两位唱者或许是某京剧团退休的专业演员，否则岂能如此字正腔圆声声入韵？走近细看其行为举止，虽猜不透她们的原先职业，却可断定，就是普通退休职工，可见京剧在北京这京剧之都根扎得如何之深！

天天见到的还是那两对人：一对是母女。母亲大约 60 岁，她体态灵活，步履如风，憔悴脸上的一双眼睛虽时常漾着慈爱的微笑，却总难掩她多年的愁苦和焦虑；女儿像是 20 多岁，她高大壮实，肩阔，背厚，胸突，体态足有母亲三倍之壮，白里透红的脸上总是乖乖笑容，乖得极像摇篮中的婴儿。她总是急急跟在母亲身后，手提网兜（里面装着水杯和毛巾）的母亲不时回头看看，笑笑，像是提醒着什么……看行状，这不是个富裕家庭，可女儿却从小得了一种疑难病症，母亲（或许还有父亲）要养家、持家，更希望女儿病愈健康，能过正常人的日子，一定是谨遵医嘱，日日出来锻炼，唉，每家之难谁人知？人生之苦何其多。另一对象是一对特殊夫妻。男者中年，高大挺拔，一身纯朴，女者 20 多岁，矮小、脸歪、腿瘸，却总是一只手攀在男士腕上，笑扬着脸，边走边说着什么，其神淡定，其心洋洋……我不知他们的背景身世，更不知他们的爱情故事，但相信，他们苦涩也是甜蜜，残缺也享健全——因为有爱支撑。每见他们的背影，我都投以深深祝福！

想起史铁生的《我与地坛》，由于病痛折磨和种种无奈，他说他初来地坛时想的总是关于死，后来又想生和生命，生命的昨天、今天、明天，生命的内质与宿命……想想地坛的树木花草、祭坛古厦及至来来去去的各路来者，又有谁不是在咀嚼着生命，品味着生命，叩拜又叩问着生命？

这并不违逆地坛本意，明嘉靖九年（1530），嘉靖帝规制的建坛宗旨就是遵照古代天圆地方、天青地黄、天南地北、龙凤、乾坤等传统，供奉皇地神祇、五岳、五镇、四海、四渎、五陵山等神位，而且每年夏至或国有大事时，从皇帝到文武百官皆于恢宏场面、庄重仪式中，以三拜九叩大礼祭拜，祈赐风调雨顺、国泰民安。这不同是在叩拜生命，也叩问生命吗！

我看 《此岸　彼岸》

　　这是个焦虑不安的时代，这是个姹紫嫣红的时代。焦虑，是因为日日期盼的彼岸总难到达；不安，是因为忧虑已经占有的此岸倏然坍塌。作者就是从这一社会焦点切入，看似挥洒自如、实则禅心独运地写了这部小说《此岸　彼岸》。

　　故事在中国江南禅城天缘江和美国西部大都会洛杉矶两座城市间展开，从地域说，两城横跨太平洋，一东一西；从文化说，一个是以好莱坞为基座、血脉中无时不流淌着"白人至上"的美国现代文化之都，一个是绵延两千多年、儒释道文明难分难解的禅城故里。书中人从青年安逸飞、魏亦、Ruth、本常到他们的长辈安牧良、魏臻、Frank、叶媛媛、华音、叶师母……有人为情所困，有人为利而往，有人为权所诱，有人为色所惑……但不管他们如何歌哭泣血，都渗润着各自血脉中流淌的文化因子，这就将东西文化、跨代文化的比较、碰撞、相因相融写得神形毕肖，微妙处令人忍俊不禁。文化是魂是根，将人物植入根和魂，其艺术形象自然就呼之欲出，活生生站在我们面前了。不止于此，他们的神形举止、思索、气息也辐射出今日世界的种种现状。

　　既然写的是"岸"，作者其心绝不满足于此，她的笔触总在看似不经意间，将读者带入禅境，并以其禅心、禅语为其解惑。何者为

惑？欲望也。凡为人者，谁无欲望？这就看你如何修持、如何对待我
与他与世界万物了，于是才有度，才有岸。难能可贵的是，这些看似
艰深枯燥的禅理、信仰都寓于轻松微妙的故事里、人心中，足见作者
学养赡厚，用心良苦，特别是《洞山开悟》和《神拜》这两幅传世之
画的运用更是传神之笔。

令人惊喜的是，这部看似时有阐理悟禅的小说是以"80 后""90
后"男女青年为主人公，幽默，灵动，快节奏，跃时空，悬疑重重，
意趣横生，有非常强的可读性、故事性。

或许在读过这部小说之后，你还能解除些焦虑，去除些不安，渡
过书中人的劫波，到达你或他姹紫嫣红的彼岸。感于此，读后不说不
快，是以为序。

文化是艺术之魂

——《此岸　彼岸》读后

　　凡创作者，大抵希望自己的作品能切近现实、反映现实，因为唯如此，才能更多地引来读者（观众）的青睐，与之共休戚、同悲欢。然而看一看热闹繁华的文坛艺苑，却常是细雨穿林打叶声，鲜有佼佼者出现，原因无多：一是艺术作品产生于现实生活之后，从现实生活到文艺作品总要有个孕育、酿造的过程；二是若浮光掠影匆匆就笔，难免枝叶葱茏却根系不深，摇曳几日，也就黄叶落地了。近读中国华侨出版社出版的长篇小说《此岸　彼岸》深有感触，不禁好奇作者胡玉琦是从哪里积累的素材？

　　当我提出自己的疑问时，胡玉琦笑了："准备写这部小说还是四年前的事，也是因缘际会……"原来那会儿她听了一位在美国创业三十多年的朋友的真实经历：改革开放之初，这位朋友即留学美国，凭着智慧、胆识与勤奋，创办了一家高科技公司。公司快速发展，不几年就跻身华尔街上市公司之列，他信心更足、步履更快，不惜高薪聘请白人精英管理团队。两年后，公司的各项事业腾飞，获利更大，他聘任的白人精英们却越发有不甘：凭什么一个跨洋过海的人地位比我高、赚钱比我多？于是他们开始仔细查找公司的管理漏洞，然后花公司的钱聘请美国律师钻美国法律的空子，进而将董事长拉下神坛，

回 望

不准他参与公司的一切事务！这位视公司为己出的董事长怎能容忍自己的公司被别人抢走？于是舍出身家性命，花更高的价钱聘请美国精英律师团与之战斗，经过两年多的诉讼与反诉讼，终于夺回了自己的公司……为此，胡玉琦专程飞到美国，从西雅图到旧金山再到洛杉矶，与定居美国的胡珊共同经历了一番身心的观察、体验和切磋，她觉得必须写这个故事，只因其中有十分典型的代表意义。

现如今，有不少陷入了对美国社会现象与本质的迷思：只要日月清平，美国的环境确实舒适，当地人热情、礼貌、幽默、淳朴，有时甚至会让你感到他们单纯得发傻，但有两个禁区——一是金钱，二是种族。只要沾上前者，定是锱铢必较；至于后者，必是美国优先、白人至上。胡玉琦和胡珊一下子找到了创作的切入点——文化，正是东西文化的不同，导致了矛盾的出现。

正如《此岸　彼岸》里展示的中国环境：江南禅城天缘江虽不大，却以其大视野、大格局，从目光到实践，皆融入国际政治经济循环的大环境；如安氏集团公司等上市公司已多如雨后春笋，生于斯长于斯的魏亦也怀揣辉煌的梦想，去美国闯荡……从这块文化沃土中成长的好人、坏人、亦好亦坏者，血脉中都流淌着此地文化的基因，就比如注重修为、一心想做个好官的魏臻摆脱不了欲望的诱惑，因其贪婪之妻索贿罹罪入狱，想着自己的所作所为与初衷完全背离，他自责无门、痛悔无期，猝死狱中；其子魏亦虽欲海难填，先伙同美国白人精英抢走同胞查理汤的公司，又圈走家乡父老的血汗钱，终因无颜再见江东父老于魂不守舍中被白人精英 Jack 恶意相撞，从洛杉矶高山车祸滚落……

以文化心理塑造人物既艰难复杂，如运用得好，可以达到其他手法都难以触及的生动和深刻。可无论任何民族、任何国度，文化因人们所处的地位、层级、群落而分野甚至大相径庭，这就是文化的复杂性、深刻性和魅力所在。《此岸 彼岸》的作者清楚地认识到这一点，且运用得恰到好处：以 Jack 为代表的白人精英明明是在抢夺华人查理汤一手创办的公司，还美其名曰"拿回属于自己的东西"，因为他们心里装的只有美国优先、白人至上，一切我想要的东西都应该归我所有。而美国文化精英 Frank 从第一次见面就视叶媛媛为"东方的艺术"，呵护她、包容她，甚至对养女也视如己出；他还不懈地追寻那幅珍贵的东方艺术品《洞山开悟》，并将其送回中国。无论艺术还是妻女，他都不是为了占有，始终欣赏、保护，以求各自得到满意的归宿。

一方是欲望、狂妄与霸权，一方是信仰、良知与救赎，《此岸 彼岸》将众多的人和事融进东西方文化的碰撞之中，所以好看，所以深刻。

视界、感悟与灵性书写

——《迁徙·家园·命运》书评

岁月沉凝，恭读一位位相识与不相识的人和书，我越发承认：一个人读过的书、走过的路、遇到的人，大体形成了他（她）们的人生格局和作品风格。

曾宁，这位生于 20 世纪 60 年代末的女作家，成长于上海的窄巷弄堂里，她于人生花季考入上影厂，从此驰骋影视圈。20 世纪 90 年代初，正在银幕上蓄势待发的她，却挥一挥衣袖，远渡旧金山，销售，编报，写作。如今，又于硅谷经营着夫妻共建的艺术学校，以期完成祖父的遗愿，所不同者，祖父教的是数学，他们教的是艺术。

大格局铸定大视界，综合的艺术修养自能本质地领略艺术精品。试以书中《我，永不再来》为例，一次参观旧金山现代艺术博物馆，她被一位女画家的自画像"钉"在画前：娇小瘦削的脸，浓密粗黑的眉毛，唇上清晰可辨的汗毛，钢丝串起的荆棘缠绕着的脖子被刺出了血珠，一袭白衣，身后是色彩浓烈的绿叶，银色蝴蝶和蜻蜓舞于发髻之间。肩膀上，黑色野猫鼓着一双邪恶阴郁的眼……作者被这块丽诡异的画风"钉"在画前。细看，她才认出，自画像的画家原来是弗里达·卡罗（Frida kahlo）！于是作者从这幅绮丽诡谲的自画像追叙她"支离破碎"的人生：这位集犹太、西班牙、印第安三种血统、生于一个墨西哥家庭的女画家，因先天性小儿麻痹症生来瘦小瘸腿，花季年龄又因车祸而致骨盆、子宫破碎，肩、腿、脚多处骨折……却才情喷薄、禀赋逼人，不羁的艺术创造力使她的现代派绘画令人惊叹。还有如《感受罗丹》《沉溺》及至一系列"咖啡人生"、硅谷派对、故里寻根……都是以庸常散淡起笔，似叙述，似品评，似感叹，关键处，倏然异峰突起，诡异奇绝，令人在身心震荡中碰撞出善与爱的人性之美，悟出宇宙人生中美与丑、喜与痛的道理。

作者曾宁敏慧情浓，多感多思，无论是艺术天空的阴晴圆缺，或是朦胧旖旎的情感世界，无论是唐人街的堂口争斗，乃至她的家族遭际、一己情怀，只要一树一花的色彩、一晴一阴的光泽，点点几笔即如绘画点彩、荧屏背景音乐般营造出浓郁的氛围，使人跟随她的笔触，或喜或忧，或陶然或森然。

自然，作为语言艺术的文学，感觉靠语言传递，更靠语言渗润。她散淡中见诗性，不经意中见奇峭的语言风格也可说是一大特色。深浅阅读，匆匆陋见，未敢称序。

艺术是灵魂的旋律

——观剧随想

我不是追剧一族，也早已过了追剧的年纪，可见了好剧，还是舍不得落下。最近我连续看了两部好剧《什刹海》和《鬓边不是海棠红》，虽都没看到开头，中间有事也常常跳开，可还是被那些好故事、好表演、熏熏欲醉的氛围打动。

它们不是宏大题材，也不是一般意义上的主流类型，可附着在故事和人物背后的传统文化，却甘醇如清茶，让人品味再三，欲罢不能。

先说《什刹海》，那片史称"燕京盛景之一"的什刹海，最早被元世祖忽必烈看中。当年他率军攻破金都，金廷及其周边被大火焚烧殆尽，为建新都元大都，总设计师刘秉忠依托这片由前海、后海、西海绵延 33.6 万平方米的水域，在其东岸划定了都城建设的中轴线。此后，什刹海和与之相通的中南海便成为元、明、清三代城市规划和水系的核心，因其水波潋滟、花树蓊郁，从明清至今，自湖面望去，形成钟鼓楼耸立、寺院道观云集，古建幢幢、雅院如星，恭王府、醇亲王府、贝勒府、格格府棋布其间的文明风情之地……从元代大书法家赵孟頫，明代文渊阁大学士李东阳，明代大航海家郑和，清代大词人纳兰性德与大文学家曹雪芹，到近现代的宋庆龄、郭沫若、张伯驹、梅兰芳、萧军、丁玲、侯宝林，古今名人相继而至。

正所谓钟灵毓秀，地灵人杰，《什刹海》一剧写的就是发生在这湖边胡同里的故事。此剧不以故事取胜，意在塑造人物，并透过人物展现其身上附着的文化内涵。先说集传奇色彩于一身的主人公庄大爷：清宫廷菜大厨师之子、清宫廷菜传人，最后一代格格的丈夫。他好面子，讲老礼儿，与街坊邻居老兄老弟们无论是练太极、下象棋都争强好胜，更听不得别人对自己家人的议论。对家人，他本着长子为大的传统，很少对长子志存施威，而常在不经意中维护他在家中的威信；对女儿庄静，他虽不娇宠，却往往在笑容中流露出对独女的偏爱；他一心想将家传厨艺传给三儿子志斌，志斌却志不在此，只想做些来快钱的"大事情"，于是父子俩形同水火，老爷子火气上来，抢起脚底子就拽！好在志斌娶了媳妇凤儿。凤儿虽学历不高，却知书达理、尊老爱幼、深爱着丈夫，见志斌"大事做不成、小事不爱做"，就担起家庭担子——开饭馆。饭馆又因深在胡同里，总是半死不活经营不济，于是她想到老爷子的家传厨艺。可不管凤儿如何尽孝、"偷""哄"，老爷子抱定祖传技艺传男不传女、更不传外姓人的观念，对儿媳既不失老公爹的尊严，又保持有距离的慈和，但祖传绝活儿就是不肯露，直到真正的当家人——"格格"婆婆出面说项。格格遗风未改：慈祥、宽和、雍容，她总是笑眯眯的，很少说话，可一旦家里剑拔弩张、有大事发生，只要她说一两句话，就迎刃而解春风又至，毕竟庄老爷子始终记着她的恩和爱……就这样，庄老爷子将一道道宫廷菜传给凤儿，这家更名为"庄家菜"的饭馆生意兴隆、名满京城。随着故事的演进，剧中人物身前身后、心里心外的文化意蕴已经汩汩欲出：守旧执念中对传统餐饮文化的珍爱传承，封建家长制与父慈子孝混为一体的家庭伦理，忠义与恩爱相融的夫妻深情，通过演员细致到位的表演和纯正京腔京韵的台词展现出来，庄大爷几乎与我们生活里碰到的左邻右舍的大爷别无二致。

核心故事之外的年轻人也各有色彩：庄志斌成长于改革开放之初，他没上过多少学，摆过摊儿、倒过服装、玩玩闹闹地挣过小钱。但庄志斌的欲望越来越大，他不想做侍候人的厨子，只想做挣大钱的老板，典型的"大事做不来，小事不想做"，沾染了不少"胡同串子""八旗子弟"灰尘的风流混混儿。思思谋谋想投机赚大钱的他看中了邻居大妈的四合院，开初想利用孤身大妈对他从小到大的爱与信任骗其入住养老院，以便自己倒卖大妈的四合院赚笔大钱。但是在大妈得病后，他那埋藏在内心的感恩、善良、孝老之心幡然苏醒，于是急送医院、代付药费、陪床住院、病愈妥帖送入养老院。他将觊觎多时的四合院装修一新，替大妈公平出租，按月送上租金，再不打赚昧心钱的主意。后来他脚踏实地、勤劳务实地自开了"一碗面"小馆，从而找到了自己的价值，完美诠释出重情重义重良心、脚踏实地写人生的"北京爷儿们"的形象。此外，如出国留学又回归的大学副教授庄静，晓晓、项东这对"90后"，还有深爱中华文化的德国人大卫，他们是一个个普通人，在他们身上都散发着源于北京不同时代人们的文化气韵。

什刹海的确是一块天造地设的文化福地，也是北京乃至中华文化的荟萃之地，上面所举人物身上赋予的文化因子，不过是北京文化的一溪清流，尚待开掘的还有遍布周边的宫廷、王府、名士骚客、格格淑女的文化故事。故此，每每漫步什刹海畔，都不由得遐思如缕，恨笔墨之不逮……

《鬓边不是海棠红》，香艳又悬疑，看剧名就放不下，又是脉息传承千余年的梨园界事，就更不能不看，因为从少年时跟着父亲看昆腔京剧始，就早已被它的词曲声腔、文化意蕴和唱作念打印入早期记忆。故事背景发生在 20 世纪三四十年代的北京，人物从京剧名伶到末代王爷、福晋、军阀、土匪、文人……身处新旧更替、外敌入侵的乱世，人物五花八门、各具色彩，如果追求奇幻、猎艳、炫惑，故事尽可以五色迷离，可此剧却笔墨在人物的魂魄及其身上蕴含的文化，这就不能不让人玩味陶醉、叹赏其间。如贯穿始终的主人公商细蕊，在戏外，他大字不识、行侠仗义，甚至常做些有违常情的莽撞事；待入戏，则衣香鬓影、优雅婀娜，从内至外完全化作戏中人。他的确是一粒京昆种子，用他的话说，是"要戏不要命"：他虽已获得梨园魁首的荣誉，修行在家的梨园前辈宁九郎还送来"金台魁首"的牌匾为其祝贺，他却因久慕宁九郎的艺术而无缘拜师，还是借回访之机毕恭毕敬地跪拜在地，之后像孩子见到母亲一样乖乖地委在宁九郎腿前，从而了却了拜宁九郎为师之执念；历任京昆会长姜荣寿之子被腊月红暗杀，商细蕊不记多年恩怨，上门吊唁、安慰老会长，并表达"我们都是京剧树上的瓜"，因担心日本人占领后京剧艺术失传，他想将姜荣寿的仙人步法录下。姜荣寿说："只要你跪下磕一个头，就是仙人步法的传人。"商细蕊欣然从命，磕头拜师。对京昆前辈，他都恭谨有加，但是对日本侵略者，他却真的不要命。日本兵杀了多年陪侍在侧、被他视为未婚妻的小来后，他不顾日军枪械在手，对他们大打出手；倾心扶持他的程凤台在被迫为日军运送军火（实则是为抗日运送军火）时受了重伤，商细蕊日夜服侍，并趁日军大佐前来探视时持剪刀猛刺其后背，以致被抓捕入狱……不光他一人，日军占领北京后，平日里难脱名旦纤柔的宁九郎剃发出家，尽显梨园人、中华儿女的清孤气节，享誉京城的头牌老生侯玉魁唱完《击鼓骂曹》后，义愤填膺，吐血而亡，其梨园气、民族魂撼动京城；半清半浊的姜荣寿虽

回 望

不情愿地当着中日戏曲同好会会长，为保全京剧绝活"仙人步"，还是答应将其传给商细蕊；察察尔离家出走奔赴延安，程凤台卖尽京城家产远赴香港，并与商细蕊商定用摄影机拍下京剧昆曲的绝活儿，以传之后世……这些人物彰显出梨园文化乃至民族文化中的"忠、孝、节、义"，即对民族和民族文化、梨园文化之忠，对梨园之祖和梨园前辈之孝，对做人做戏之节，对民族对朋友对梨园同辈晚辈之义。京昆艺术演绎的是"忠、孝、节、义"四个字，梨园行的艺术家们至今行的仍是这四个字，这是京昆艺术的魅力所在，也是此剧的魅力所在。

这些年来，我们的艺术之苑真可说是万紫千红、繁花竞放，但请不要忘记，艺术是灵魂的旋律，而灵魂的原乡、归乡皆是文化。无论何种主题、何种流派、何种形式，艺术，还是将精力用在文化开掘上好。

情动而诗兴

——《胡忠古体诗集》序

近年来，虽读诗者越来越少，写诗者却越来越多，特别是中老年中，且多以古体诗为主，这无疑是件可喜的事。正如《毛诗序》中所说："诗者，志之所之也……情动于中而形于言"，中、老年人有了一定的人生和阅读经历后，心有所感，情有所动，以诗兴发，此乃雅而有益的事，何况还可以诗益人，代代赓续，传承中华传统文化，岂不功莫大焉！

然而写好古体诗词绝非易事，其中的平仄、对仗、韵律都讲究多多，何况世代更迭、学养断裂，今天的人哪管是中老年人，真若写出情致俱佳之作，也大多功夫不逮，即便退而求之，规制技巧不多强求，其诗心、诗情、诗韵，是少不得的，否则，便不是诗，只能称顺口溜或快板书了，如今，这样的所谓古体诗并不鲜见。

刘勰在其《文心雕龙·明诗》中说："人禀七情，应物斯感。感物吟志，莫非自然。"他的几句话就将诗之源、诗之兴说得十分透彻，之后的钟嵘又将引诗人感动兴发的"物"概括为两大类：一是自然界的物象，如"春风春鸟，秋月秋蝉，夏云暑雨，冬月祁寒"；二是人世间各种遭际的事象，如悲欢离合、沉浮坎坷、对宇宙万物的关怀……

最鲜见者是胡忠先生诗中所托之"物"，它既非前者，亦非后者，

而是以诗读人、以诗咏艺、以诗述理。所读何人？如八大山人、沈
周、石涛、黄公望、唐寅、徐渭……直至历代书画大家二三十人。所
咏何艺？从荷到梅到芍药到松柏到苍鹰……也有几十种，大多是赏画
作画的神韵和艺术感觉、艺术体验。所述何理？从画意、画境、神仪
到奇平、真伪、笔墨……以诗纵论十八个艺术命题。从选材说，胡诗
可说是独树一帜；从成诗说，我不能不佩服他的多才多艺，诗、书、
画兼通，否则，谁敢这样写诗？

　　他的以诗读人之作大多是自实至虚、自貌至神、自人至艺、自艺
至神韵至风格。他写沈周，共约 22 句，从家世到经历到艺术，之后，
如清江激流，奔涌而发，"平生好结空山鸟，共忘乐与画家分。双眼
尽明无物碍，一舟故觉云水空"。至此，沈周那以山为友、以鸟为伴、
物我两忘、驾舟云水中的艺术神韵和清虚超迈之态已经跃然而出，这
是他的人他的魂，也是他的画，他的艺术境界；写唐寅二首，七言
34 句，五言 16 句，结构大抵与写沈周相同，读过全诗后已大体了然
这位"桃花庵主"的概貌，但"癫狂放浪形无骸，风流倜傥意缠绵。
长歌吟咏三千卷，丹青妙手五百年""借古抒胸臆，谐典著心田。素
深禅门理，且作无生观。诗中画意浓，画中诗境远。天才多舛运，堪
传史留年"却知者不多。国人无人不知唐伯虎点秋香的故事，也无人
不知风流才子唐伯虎即唐寅。才子固然风流，可唐寅之所以"癫狂放
浪形无骸"，是因为"天才多舛运"，唐寅横遭他人诬陷后，自此仕途
颠荡，于是放浪不羁，任性逞情，破罐破摔，以此抗议那个不公的时
代；但他不是纨绔子弟，他能"借古抒胸臆，谐典著心田""长歌吟
咏三千卷，丹青妙手五百年"。不光学富五车，而且才高八斗，是一
位诗词大家、丹青高手，他的作品至今光耀中华！胡忠先生久在政
界，可说是阅人无数、历事万千，以他的人生阅历，自是观人辩证、

论事周全。难能可贵的是，他以诗笔塑人尤其是他尊崇的先贤大家，其深刻其传神，于浓浓诗意中烛照其人，实为难能可贵。

胡诗所咏之艺有花有树有鹰，我以为最美的还是写荷的诗。以荷为诗，是有高山可攀的，周敦颐的《爱莲说》早已脍炙人口，将莲（荷）之精魂写到了家，胡诗则避开直写而侧写，不能不说独具匠心，且看他的《小荷》："绿波浮动角尖尖，卷翠未展倍觉鲜。他日张开撑碧伞，送荫舞风九重天。"从荷的童年那浮动于绿波之上的"角尖尖"的活泼可爱，想到成年后，她"碧伞"撑天、舞风送荫的娇姿美态，岂不幻彩可期！再看《禅荷》："团叶青青谁剪裁，朵朵芙蓉映日开。不染缘自心清净，修得日日奉如来。"不着大红大绿，不染大黑大紫，而是花色粉淡，团叶青浅，天生的不染尘缘，日日只为"奉如来"，这里的"如来"当然不只是佛，而是周敦颐所指不染不妖、香远益清，坚守自己清净高洁的本色。他只字未写荷之"出淤泥而不染"，却以"奉如来"的含蓄象征之笔写出了荷的本色；他的《画荷篇》更是人荷黏合，我中有荷，荷中有我："笔落瑶池水，引荷入我家。风清自流淌，墨开五色花。剪却浮躁气，日日新枝发。"写的是作者画荷的体验，读此诗，我似乎已看到作者画荷时的情态，体悟到作者人荷一体的心魂，以致他的画笔蘸饱"瑶池水"，即满室清风，荷魂附体，心与笔下荷花一起，燥气尽退，心发新枝。读到此处，有谁不想与作者一起，也握笔绘荷，一扫满身浊气，浸入荷香荷韵之中！

诗集浩浩，尚有画论篇、游旅篇、感怀篇……内中丽章佳句不胜枚举，为不使读者嫌赘，笔者仅掬滴水以照大海。

久闻胡忠先生诗、书、画造诣俱佳，惜从未谋面，今借传来诗稿一读，获益匪浅。谨以此文祝贺诗集出版，并以此为序。

话说刘半农三兄弟

　　初冬，正是江南云凝雨霏时候，那天上午，为座谈传记文学《流风》一书，我们先来到江阴市西横街49号刘半农、刘天华、刘北茂三兄弟的故居参观。只见这座两进三开间的院落古旧整洁，虽已无桂花香、天竺红，却仍是竹影婆娑、桂树青翠，似乎主人久坐读写，出外散步去了……走入正堂，我不由仰望着刘半农亲书那遒劲绿墨"思夏堂"的匾额，正不知此堂何解，一个浑厚的声音由低至高情浓意重地缓缓传来：

　　……这座院子是曾祖父刘荣所建，后传祖父刘汉直至我的两位伯父和父亲一辈，曾祖父饱学好义，祖父是清代国学生，但因生不逢时，战乱频仍，在庚申之变的兵事中双双被杀，曾祖父时年59岁，祖父33岁，因身后无一子嗣，空空落落一个家就留给了年轻的祖母夏氏。夏氏生于读书人家，其父善诗文、重家教，耳濡目染的夏氏自幼即通文墨、重伦理，先人次第离去后，踌躇再三，她决定领养一子以重振刘氏宗族。经四处寻访，从东门外一贫苦刘姓家族中领入一五岁男孩。此子聪颖早慧，名宝珊，入得刘家后，夏氏视若己出，殷殷培育，终于从乡下孩子的散漫懵懂到用功苦读；一年深冬，夏氏路经西塘圩坊一条小河时，瞥见寒风中一只竹篮正被刮得瑟瑟滑动，她走近一看，一个被破烂棉絮紧包着的女婴已经哭不出声，她立即解开自己的棉袄，揣起这女婴跑回家中。十几年后，二十岁的宝珊已满腹经纶，那捡来的蒋氏姑娘也出落得娟秀大方，于是，夏氏做主，就命这两个苦孩子结为夫妇，两人本是两小无猜又情浓意重，第二年春，长子刘半农即降生这个院中。四年后，次子刘天华接续而来。他们的到来都给这座典雅又清寡的院落带来了不一样的生机和欢笑，可惜，我的父亲刘北茂直至夏氏祖母逝世两年后才姗姗到来，他无缘见到我们刘氏家族这位励志勤学、情怀独树的开创者，我更无缘，但我知道，刘家能有今天，夏氏祖母才是他的再造人，这或许就是伯父命名并书写"思夏堂"的原因……

这如诗如戏的叙说中断了，这位刘氏三杰的后人、小提琴家、中央音乐学院教授刘育熙先生唏嘘有声……天上的云仍在凝结，却又不晴不雨，庭院鸦雀无声，人们似乎还都没走出这不远的历史。

……此时，古希腊哲学家柏拉图的声音响在耳边："我是谁？我从哪里来？我到哪里去？"这的确是个百问不衰却艰深幽冥的问题。如果我们走出哲学，切近生活的地气，我以为，人们的性情、气质、成功与失败、伟业与罪孽大都来源于文化的浸润与传承。就刘家说，"刘氏三杰"之父刘宝珊本是一个在冻馁中出生、蒙昧不经的乡下孩子，其母蒋氏更是一个被丢弃于冰河上的弃儿，何以他们的长子刘半农6岁能诗、16岁的一篇政论赢得常州知府盛赞、更在一首发在上海《民吁日报》上的长诗《科举谣》中大声呼吁"投笔从戎识时识，誓把头颅酬众生"，之后他走入上海、译诗译文、写文明戏演文明戏、做报纸、杂志编辑，在创作与翻译中探索思考中国文化的走向……1917年，中学学历的刘半农就以其陆续刊发于《新青年》上的《我之文学改良观》《诗与小说精神上之革新》等文学改革的学术主张和创作成就，被聘为北京大学预科国文教授，成为与陈独秀、胡适、钱玄同并称的"《新青年》四大支柱""中国新文化运动的主将之一"，时年 26岁。三年后，他又带着五四运动的硝烟赴英法留学，五年后，携法国国家文学博士学位和图书、考古等方面的丰博学识回到北大，其在英留学期间的思乡之作《教我如何不想她》更是流芳百年、脍炙人口，由他发明确立的区别于"他"字的"她"字，更使汉语语言文字更精准更丰富；二弟刘天华，这位将二胡从民间推向高雅的音乐殿堂、创作了《病中吟》《月夜》《空山鸟语》《悲歌》《良宵》《光明行》等名曲的音乐大师更是无人不晓；三弟刘北茂虽无两位兄长的声望成就，但其弃文从乐的毅力、殷殷授学、待徒如子、桃李满天下的风格，同样是从北京大学到中央音乐学院及至如今音乐界无人不赞的教授。

刘氏三兄弟从哪里来？其血肉之躯自然是从刘宝珊、蒋氏的精血中来，而其文化生命则是从夏氏祖母那良善之心、励志苦学、殷殷滋养、以其家传的书香文化培根铸魂中来。那么，这夏氏家族文化又从何而来？翻读江阴历史，其远自华夏文明，近自江阴地区两千五百多年尚文忠义乡风的传承。这绝非虚言，更古远者不说，且看这仅仅九百多平方千米的县境，自宋元以来，就曾陆续出现过诗人陆文圭、史学家缪荃孙、旅行家徐霞客、巨商兼晚清邮政大臣盛宣怀、社会学家吴文藻……此为文修。就武卫说，清军入关南攻时，多尔衮和多铎曾多次传书劝降，江阴百姓在明朝典史阎应元、陈明遇、训导冯厚敦指挥下，誓死不屈，坚守城池 81 天，直至 10 万多人战死城中！这就是江阴之风：宽博、阔远、阴柔、婉约又坚韧不阿、忠义不屈。名人由乡风（地域文化）哺育，反之，名人的成就业绩也无不浇灌着家乡沃土。因此可以说，没有家族文明就没有地域文明，没有地域文明就没有民族文明，反之亦然。

大洋那边的心语

——读《海山苍苍——海外华裔作家访谈录》

　　拿到江少川先生著的《海山苍苍——海外华裔作家访谈录》一书后，不到两天，我竟贪读了大半。这的确是一部集可读性、理论性、审美性及作家心灵的探秘性、欧美大千世界纵览性与在场感的一部好书。读着它，你往往会在娓娓道来的温馨中看到人世间的大气象大格局，会在瀑布般的大起大落中听到生命的呻吟与高歌畅笑，会在方块字与英文的交融冲击中，看到人类文明的延伸与接纳⋯⋯

　　我们自然不该盲目埋怨先人，由于科学认知的局限，先人们从一开始就陷入了自我文化的困境，一方面他们倡导"读万卷书，行万里路"，另一方面又世世代代陶醉于欣欣然的文化坚守。直到大约二百年前，近祖们才懂得了打开门窗，接受"西风"，也输出"东风"。可悲可叹的是，却只见"西风"入，不见"东风"出，以致至今外面世界没多少人了解中国甚至曲解丑化中国，而国人对外面世界的了解也只知皮毛不见全豹。文化是人类沟通的使者，文学是心灵的窗子。自20世纪80年代初，随着改革开放的大潮，大批文化学人涌入欧美，这也就迎来了海外华人创作的第三次大潮。不同于前的是：第一，人数众多；第二，经过几十年新中国生活的起落沉浮，对中华文化与现当代生活有切身的了解和体悟；第三，大多是精英分子又在欧美经受了高等教育，其中不少人可用中、英双语写作，其所写内容都是母国与住在国、"家园"与"吾乡"交替或交融取材的跨域书写，这无论对国人认识世界，还是世界认识中国和中国文明，都是一个不能不重视的文化方舟。如曾获美国国家图书奖、美国笔会 / 福克纳奖等文学奖项的哈金用中、英两种文本写的《南京安魂曲》，近年来红遍中外的严歌苓的《扶桑》，获过中、加多种文学奖项的张翎的《金山》等，都为中外读者交互认识、了解彼此的生活和文化心理立下了卓越的功勋，而《海山苍苍》就见微知著地探出了作家们创作这些作品的思考、艰辛和心潮起落。

少川先生在网络访谈中问我：近年来，你出版了好几部散文随笔集，你觉得这类追忆文字写在异域，如《彼岸回眸》，是否平添了一些别样情怀？我还是同意耶鲁大学教授也是收录于本书 32 位海外作家之一的苏炜先生的阐发："心有多大，作品就有多大""心有多宽，书写的空间就有多宽，作者的精神家园就有多宽"，这自然是指作家的视野、襟怀和写作的终极命题。既然文学即人学，在作家们打通疆域、文本和心灵之后，理应写出面向人类生命的大书，我们欣喜地看到，这部书中的不少篇章都透出作家们这样的追求和气息；另外，海外华文作家们奔涌着一腔中华文明的热血，携带着悠远绵长的故土文化记忆，不管心有多宽多大，他（她）们的眼睛、感知、体悟及至气味无不与中华的血脉之源文化之根丝丝相连，这无论从刘荒田自落地生根到两疆轮回的散文，从程宝林以国际视野对中国农村中国农民的书写，从王性初心系悲情眼观世界的诗作，从沙石、吕红跨域取材跨域审美的生命体验小说……都可以读出这浓浓的情愫、剪不断理还乱的眷恋之情……故此，《海山苍苍》是为我们提供了一艘往返世界的文化方舟，也是连接海内外文学创作及至文化比照的生命脐带。

　　文学离不开阅读与批评，创作离不开作家、评论家间的沟通交融与相互提醒、相互砥砺。就这个意义说，《海山苍苍》更可说功不可没。此书不光评介了那些有代表性的海外华人作家的写作成就，同时也介绍了他们的生存状态、生命状态、写作状态和对生命的人文思考。不同于国内作家，海外作家既不能以写作为职业、为饭碗，也不能靠创作的实绩得以职位的升迁及金钱的实利，他们的写作动力完全来源于"我在故我写"，这看似有些悲情，但也正如苏炜先生所说，这样"可以保留一种有距离感的、相对简单纯粹的写作状态和写作心境""可以远离纷扰，澄然静心地澄怀观道，进入相对沉潜、寂寞的写作状态"。正因为如此，他才能在一面研读、写作，一面在耶鲁大学教授写作课中悟出，"叙述就是一切""而语言则是一切的一切"。严歌苓在谈到她移民早期的写作时说，"因为空间、时间及文化语言的差异，或者说距离"，我"像是裸露的全部神经，因此我自然是惊人的敏感。像一个生命的移植，将自己连根拔起，再往一片新土上移植，而在新土上扎根之前，这个生命是裸露的。转过去，再转过来，写自己的民族，有了外国的生活经验……的确给作品增添了深度和广度"。张翎说自己的写作思考是双向的，"东方人到西方去寻求，洋人到中国去寻找，不同的民族到陌生世界去寻求不同的精神价值"。哈金说到叙述方法时说，"英雄叙述往往在一个民族和文化形成初期特别需要，像荷马和维吉尔的史诗，而集体叙述在对建立和巩固政权以及反抗外来压迫方面有很大作用"……这的确是关于创作体验与创作方法，关于对生命心灵认知体悟的大聚集、大交流。自然，以上所述，既然都是个人的，偏颇自我之处在所难免，但也不能不承认，它的确从不同角度不同层面给了我们不少提醒不少启示。不能不感动的是，江少川先生集十年之功，采访、研读终于写就了这部皇皇 46 万字的大书，真是其情可感，其志可佩。它为中华文明积累了一笔可赞的财富，为中国文学呈现了一支正在崛起的海外劲旅。

读书忆往话书人

——兼议长篇传记小说《远道苍苍》

大约七年前的一个冬夜，子义兄从旧金山打来越洋电话，说他刚看完央视热播的根据我的书改编的电视剧《大风歌》。说完祝贺话后，听筒里传来的竟是他的连连兴叹，接着他说从搜集素材到已经动笔的一部长篇小说，如今是无力进行下去了……

我知道，他已患癌，从他有气无力的叹息中我揣度他的病又加重了。我只得安慰他静心养病，积极治疗，以后的日子长得很。没想到，不到两年，他就撒手西去了……

其爱女刘怀宇，说他在感觉已没时间完成自己的创作计划时，曾嘱咐她替他完成。女儿因感到那题材太遥远太宏大，并未应声，后来当她接到病危通知、从洛杉矶赶到旧金山父亲病床前时，他虽已不能说话，可无神的眼睛还在看着她。她拽住父亲的手说："我知道您想说什么，我一定完成那部小说……"

在旧金山时，我曾与子义兄玩笑说："就府上说，女儿的才气超过父亲，父亲的底蕴强过女儿。"他笑望着我，曾不觉一揖。

刘怀宇毕业于北大英语系，后又在美国攻下两个学位，切切实实地英汉兼通、才华不菲，她的第一部小说《罗马突围》就已初绽芳华。她送走父亲不久，就用五年多的时间奔走于美国西雅图和中国广

回 望

东台山之间，在图书馆中查阅资料，在中国、美国遍访一位位学者和当事人的后人，如今，凝聚刘氏父女两代二十多年心血的长篇小说《远道苍苍》终于出版。读着它，我不禁感佩良多，思绪滔滔。小说以早期赴美华侨陈宜禧的生命历程为原型，以诗样的激情、沉凝的笔触，抒写了横跨中美两国度、纵贯长长两世纪，早期华侨闯荡美洲新大陆的艰苦卓绝、坚韧奋发、刻骨铭心的爱恨情愁，抒写了他们对开发美国西部的卓越贡献，更浓墨重彩地写尽了他们思乡爱国、报效乡梓，用积聚几十年的财富精魂修建中国第一条民营铁路的耿耿心怀。

即是传记体小说，传主形象塑造得成功与否，自然是全书成败的关键。咸丰十一年（1861），十七岁的少年陈宜禧随道叔爷乘坐三桅大帆船九死一生地到达美国旧金山。甫一登岸，就在地动山摇的大地震中被卖"猪仔"者骗入马车，迷迷蒙蒙地被拉向萨克拉门托，比同被骗入马车的阿发幸运的是，阿发帮他咬断绑缚的麻绳逃下车来后，善良的美国少妇伊丽莎白搭救并收留了他，之后又由其丈夫带他去了当年淘金地——北花地。从此，他在美国开启了向苦而生的奋斗之旅：因为语言不通加之一群美国顽劣少年的种族歧视，他几乎被打得送了命；看到美国人用水炮淘金，他认识了机械的神奇力量；为了庆祝中国年，在阿金会所他不幸卷入阿财设计的一场大火并被关押受审，在审判庭上，他始而怀疑后又经历了美国法律重证据不徇私受贿的过程，十七岁的他一下子从懵懂少年顿然成熟，他除了打工赚钱外，更注重学语言、熟国情，以便壮大自己、融入社会。如果说在北花地的陈宜禧还仅只是初到美国的年少淬炼，那么，六年后他来到西雅图时，则经历起一个又一个在野蛮与开发中行进的新大陆的锻造与吸纳：他初登西雅图海岸，便遇到印第安杜瓦米希部落与当地白人剑拔弩张的争斗，而且阴错阳差地还被安排为白人代表之一。阴湿冬夜，潮声阵阵，他们如约来到杜瓦米希部落居住的原始森林，先是怪鸟鸣叫，后又箭矢射来，而陆续走近的酋长和护卫又都身披兽皮假面，说着一字不懂的杜瓦米希土语，更想不到的是酋长选定要同陈宜禧对话，这倒让已经吓得哆哆嗦嗦的白人头目（锯木厂老板）雅斯勒有了屏障。待到开始谈判时，酋长甩掉兽皮假面，改说流利的英语。原来，这群可怜的杜瓦米希人无非是要求白人不要将他们赶出原本属于他们的这块土地，否则他们将扣押对方甚至不惜一战；已经了解美国国情的陈宜禧虽然满心痛恨丑恶的民族歧视、同情土著，却更知道美国掠夺土著土地的法律；回过神儿来的雅斯勒摸到对方底牌后本性复萌，进行了一步步的讨价还价，陈宜禧于是以智慧过人的斡旋使双方达成协议，既避免了一场战争，也使杜瓦米希土著暂时保存了自己的家园。雅斯勒看中了他的胆魄、智慧、干练与勤劳，任命他为锯木厂的工人领班。十几年中，从修路建楼建码头，他领工承包修建了大半个西雅图，已经荣任西雅图第一任市长的雅斯勒主动荐他加入美国籍，他与道叔爷、明叔合开的华道公司也从一间小小杂货店发展为这座新兴城市中令人瞩目的大公司。更令他高兴的是，他已同两小无猜的沐芳在一场灾难诉讼中喜结良缘，并生下一双儿女。然而，自 1882 年美国通过了"排华法案"后，形势却变得野蛮又紧张，几年后，西雅图的种族主义者紧锣密鼓地扑向所有华人，他们一面肆意殴打抢劫，一面将所有华人赶上停在码头上的海船，试图全部驱逐出境！陈宜禧临危不惧，一面派人给法官朋友伯克送信，一面拉响驾驶舱的警笛，终于招来已知内情的伯克法官和麦格若警长，在他们的干预下，华人们躲过了暴民的驱赶，赢得了法庭陈述（排华法明文规定：未入境的华人不准入境；已在美国境内者去留自愿）之机，也因而赢得了这场官司，可陈宜禧的爱妻沐芳却在这场野蛮的驱离中摔断

117

回　望

腰椎，并因此流产。

艰难流落，他何以非要留在美国？就在被驱赶的"女王号"船上，他对众华人说："我这么多年留在金山，除了赚钱，一直在学习金山的好处，比如火车、蒸汽船，人家的办学、司法制度……我不仅要衣锦还乡，还了乡还要锦乡，把金山的好处学到手都带回去，让家乡也有金山的好。"他不忘初心，光绪三十一年（1905），带着在美国积累了四十多年的见识、科技、财富回到故里，他要借维新之风，在自己的家乡自力更生修筑第一条民营铁路。然而，从清末到民初，朝代急剧更迭，"大王旗"急剧变换，那官场的贪腐设阻、那乡里的愚昧争利，及至乡仇械斗、巫术惑众……一波波艰困阻断他爱乡爱国的筑路梦想。十五年后，他终于建成这条全长140千米的新宁民营铁路，为家乡父老带来从没有过的繁荣和文明。可惜，七年后他终被新军阀的代理人也是他的宿敌黄玉堂（当年人贩子阿财）夺走了他的一生心血……

他的苦难遭际是早期华侨华人的，他的心魂、志向、报国情又何尝不是早期华侨华人的！正是怀揣这种大志向，才有一代代华侨华人将自己苦心赚来的大笔资金投向爱国强国和慈善事业，才有一代代学成归来的饱学之士成为祖国各项事业的中坚力量。《远道苍苍》一书以陈宜禧的个人史浓缩出一代早期华侨华人史，至今为止，它还是我国文学作品中少见的一部。它不但具有独特的文学价值，而且有着无可替代的历史价值。

本书的最大特点是以传奇的跌宕的戏剧冲突塑造人物，又以不同人物的性格冲突构建故事，这就使人读之欲罢不能，读后挥不去那一个个鲜活人物的喜乐悲欢及至他们的一颦一笑举手投足，并忍不住吟味他们载负着的文化基因。仅以原来的阿财（在美改称詹姆士、几十年后又更名为黄玉堂）为例，当年在旧金山劫陈宜禧和阿发卖"猪仔"的是他，以卖"猪仔"、贩毒、火烧阿金店铺、发家后改称詹姆士的是他。几十年后，他携在美国赚得的大笔恶财，更名黄玉堂，着一身华衣贵服，手拄文明拐杖，貌似一位金山老板的样子回归故里，他结交官府，出手阔绰，经营着一处处妓院、画舫、赌场，他也出资成了陈宜禧修建新宁铁路的股东之一，但最终目的就是报陈宜禧压断他一条腿之仇，夺走陈宜禧和新宁乡亲辛苦十几年建成的铁路经营权。此人心狠手辣、谙熟诡计、阴损善变，以致陈宜禧多次与他开股东会竟从没认出他就是当年的阿财，而他却从陈回乡修铁路始，就暗中观察，步步恶攻：陈与众股东去甄家庄与余乾耀唱反调时，提前透风给余的是他，收买会城浪荡子在猪埠岭扮鬼的是他，挑动股东们退股的是他，收买色诱陈之女婿吴楚三倒戈的是他，先以他的私生女儿向陈的爱子秀宗施美人计，后又将其双双毒死的是他，终归，勾结国民党官府接管陈一手修建的新宁铁路总理和董事局一切权力的也是他！这一明一暗、一阴一阳、一贤一恶两个一世冤家的斗恶斗狠织出了一幕幕令人唏嘘的悲喜剧，并在剧中层层剥离出两颗截然相反的灵魂——陈宜禧的卓然圣洁，黄玉堂的卑污下流。此外，如余灼的清风儒雅、竭诚报国，吴楚三的清雅其外、祸心其内，雅斯勒贪婪粗鲁中的有限坦诚和公平，伯克的笃信并坚执法律，沐芳温雅娴静中的坚贞，伊丽莎白和丽兹的正义善良，玛丽、墨菲等人的邪恶野蛮，查达普斯智慧朴实中的悲凉……这一个个呼之欲出的艺术形象各有风采，每片风采都带出一串迷人的故事，每个艺术形象都浸润着自己的文化基因。中国各阶层的、美国各阶层的、印第安人原始的。更可贵的是，作者不以民族国别划线，而是按各个人物的心性行为进行典型塑造。

　　《远道苍苍》的另一个艺术特色是诗性叙事、诗性渲染。一部长约五十万言的上下集长篇小说，从始至终诗性绵延，这在今日的文学生态中实不多见。君不见，无论是在作者营造的环境氛围、故事转折的急剧跌宕，还是人物心理的起伏升华中，它既忌直白相告，又谨防空洞的抒情，而往往以其出人意料的笔触或轻如游丝或重墨浓彩地绘出惊人的诗章。仅以全书结尾为例：陈宜禧终其一生积聚建造的新宁铁路职权被夺走了，他"握着过时的古董剑，吼着疯话，脸上的神情，却像还有什么他根本剥夺不了。那阵势，那动静，好像被抬出去的并不是个输得精光、生不如死的败将，而是一位头挂光环、人心所向的圣人"。继而，作者称，主人公进入了一个"放风筝"的世界：天上，地下，生者，死者……清醒时他吩咐女儿帮忙写《致宁路股东及各界诸君书》，请股东们急举贤才，他"要去香港、去西雅图，筹款融资"，因为他还要建造筹划很久的铜鼓港；迷蒙时，他见到了亲生父母和养父母，见到了章叔，章叔说的"你修成了铁路，带我女儿坐着车荣归故里，还有铜像立在宁城广场上"使他安慰又自豪，"他站在西雅图灯火辉煌的宴会厅里"，向那些帮过他的老友们致谢，他又望见："长达七八里的队列前，有人抬着一副厚实的松木灵柩。纸钱在雨线间飞不动，直往泥土里扑，白花花铺了一路。挽联密集如林，随风飘摆于道旁：

　　　　远道苍苍，况瘁奚辞，当年铸像光荣，曾逢盛会；
　　　　仁心荡荡，劳怨不恤，此日盖棺论定，允洽公评。"
　　……　……
　　……秀宗挽着他说："阿爸，我们在时间的河流之上呢……个人的作为，留下的痕迹微乎其微；个人恩怨，历史潮汐一带而过。人生精彩平淡，最终都是落幕。"他静观很久才说："秀宗，一个人，一生，或许微不足道，但看远一点儿——他指向九十年后，一列从广州驶向台山的火车。那是火车吧？子弹一样的车头，雪白的车身在绿野上飞驰。闪电般神速啊，三百二十多里的路，半个时辰就到了。台城火车站，红砖墙、花岗石拱门，三层高的金顶钟楼，西班牙风格，正是他想建的样子呢。"

陈宜禧以一生的壮怀激烈构筑了一桩千古伟业，最终却在一片凄怆中离开了这个世界，这怎能不让人唏嘘洒泪！然而作者却在"放风筝"中，构建了不知主人公是清醒是痴癫、是生是死这样一个诗意盎然的灵幻世界，在这个世界里，读者终于在悲怆中得以慰藉，在诗意惋叹中吟出种种人生哲思，在阅读昨天的史诗中看到今天的辉煌。

子义兄可以安然长睡了，因为他养育了刘怀宇这么一位有才情、有孝心的好女儿。她始于孝父之心，终于孝乡梓、孝祖国之怀，接过父亲的笔，父女接棒，向世人呈现了这部集史性、诗性、传奇性、戏剧性于一炉的大书。这是他们父女俩的可喜收获，也是我国当代文学创作中的一大可喜收获。

看世间万物，悟宇宙星辰

——读刘荒田《相当愉快地度日如年》

　　读刘荒田新书《相当愉快地度日如年》，如同结伴于他，同走，同看，同读书，同慨叹，同思辨，从东方到西方，从今世到往古，从勾栏瓦市到哲思圣殿……

　　读其书，不由想到写书人：他颀长、挺阔，走起路来踢踢踏踏；他眼睛不大，或说或笑或调侃，却掩不住他智慧中的犀利、谐谑中的调皮、哀叹中的悲悯；他不尚修饰，最喜庸常，却时时流溢出平民式的随意与文化人的放达和通透。

　　其作品亦然，不求洪钟大吕，不求争奇斗艳，不求兴邦灭邦，着眼的大多是凡人俗事、市井悲欢，此书篇目的标题即可为证："雷雨中""落花的坐姿""鸟儿和我""鱼快乐不快乐""黄昏""面朝蓝天""电车上""鱼店里""朝三暮四""看见，看不见""海棠花的睡眠问题"……

　　这也能有文章可做？有，在荒田笔下都大有文章。《落花的坐姿》：雨后，他被自家茶树下的落花吸引住了，它们都刚刚落地，一朵朵变为落花，"花托向上或向下，露出绿蒂""都端端正正地坐着，一似如来佛祖的莲座"，看着它们，忽然思路一转，想到死亡的美丽和从容，"自然率赋予它的最后章节，没有悲哀，只有神圣"，花木如此，人神何异！于是从闲散到庄严，想到生命终极的状态和内涵。《鸟儿和我》：清晨跑步，与鸟儿相遇，听着它们的啁啾，看着它们的灵动，不禁想到人鸟相倚，理应平等，不该伤害。这岂不是人之大爱？岂不是众人呼唤的环境科学！《鱼快乐不快乐》：作家优哉游哉地观水中游鱼，从人到鱼是何等悠闲自得，他却忽然从鱼的快乐与否想到快乐的本质。其一，"快乐只关心情"，即不过是你此时此刻的感觉，再往深层追究，"就快乐言快乐，最便捷的就是受骗"，如"鱼叼上钓客精心炮制的鱼饵那瞬间，是快乐不可支的"；其二，"快乐就是比过去好"，如被判"立即执行"的死刑犯改判"缓期一年"时，是快乐的。他的追问与结论的确深刻又犀利，但又偏于过分悲观与阴冷，那么，古人说的"洞房花烛夜，金榜题名时"呢？今人说的"梦想成真"呢？多年奋斗终成正果呢？

从以上篇目的蕴孕成文到叩问穷究，足见作者的多思多感和对世间万物的哲辩，这就是荒田可贵的特点之一，他的思维经常不着边际地跳荡，往往身在形而下，神在形而上，人在红尘中，神游琼阁间。且看《海棠花的睡眠问题》一篇，那天，是他家住地旧金山日落区的"垃圾日"，即家家将积攒一周的三只分类的大垃圾桶推到街边，等待垃圾车倒入、拉走。他推着垃圾桶，突然想到川端康成《花未眠》中说，花也有睡有醒，他想来想去，也理不出花儿何为睡何为醒，以及花的睡、醒之辨。为求究竟，他在推垃圾桶之前，专程去自家花园观察了一遍，看来看去，那满园的波斯菊、满天星、虞美人、芍药从没睡过，因想，如此看来，不光川端康成有些无中生有，苏东坡为海棠写的"只恐夜深花睡去，故烧红烛照红妆"，也是多此一举了。因恐不确，他又在网上遍查从张大千到众大师们画的《海棠春睡图》，却也找不出海棠睡与醒的区别来，自此可见，所谓"海棠春睡"，无非是形容杨贵妃美艳惺忪之态罢了，与花的睡姿、醒态并无关系。其实，无论是川端康成的《花未眠》，还是荒田此文，一个是怀着绵绵诗心，另一个是揣着决绝穷理之意，要告诉人们的都是王国维从人世到艺术的总结：一切景语皆情语也。再说《看见，看不见》，这是一位企业家朋友 W 跟他说的亲身经历：一次，他们一行二十多人去东南亚考察，登上飞机，刚在头等舱准备就座，门口一阵骚动，原来省长一行也搭这班飞机，认识省长者纷纷起立且心有荣焉，W 从未见过省长，故神态依然，省长却径直朝他走来握手寒暄，其余人等艳羡且不解，W 却十分自得，因为他知道，省长其实是被他的气度、随行阵容所吸引。作者因而想到，如果 W 团队中有一位诗人，他会看不见这一切，因为诗人虽不是不食人间烟火，却也"是把物质需求维持在低层次不让欲望吞噬灵感""不是按照官阶、权势、财富，而是按照缪斯规定的节奏行进的""诗人的灵视接通天涯和千古。诗人在人世间浑浑噩噩，眼神只有在凝视婴孩和水时才变得清澈。诗人是人生的失败者，是天国褴褛的使者"。是自诩，是辨析？他已经将诗人（真正的诗人）的心灵挖出来坦露于世。

欲辨书中味，直问写书人。刘荒田少年多感，青年写诗，中年挈妇将雏跨洋赴美。同样怀着一腔"美国梦"，那时的他一无背景、资财，二无美国文凭，欲养家糊口，只能卖脸卖力做个蓝领。可叹，他三十多年蓝领从未洗白；可慰，从东到西，从青年诗人到美国蓝领，他的诗心从来未改，年复一年，手上做的是人间烟火庸常俗务，灵魂节律却始终是缪斯的节拍，因为他从来没忘，诗人"是天国褴褛的使者"。"天下才子半流人"，唯其此，他才能看尽人间百态，写尽宇宙星辰。要是读者能从中得些启悟，无论身处何等境地，岂不一样地精神丰饶，灵魂有依！

氤氲中的哲理之美

——我读小说《永福里》

　　我和应宇秀仅在 2014 年秋季在南昌举办的首届中国新移民文学国际研讨会上见过面，那时我知道她是已经定居加拿大温哥华的女诗人。这几年我常在网上读到她的诗，开始，只是一般浏览，后来，就被震撼，感觉她不是那种满街游走如过江之鲫般的诗人，她的诗心诗感常散发着海角般的寂寞、黄昏样的惆怅、深谷幽壑般的深沉……近日看到她在《小说月报》2023 年首期上发表了短篇小说《永福里》，诗人写小说，不能不赶紧找来先睹为快了。

　　小说主体事件极为平常，关于苏州永福里的变迁。一家一户、一城一地的变迁几乎成了永恒题材，不知有多少人写过多少遍，写不出特色就很不易讨好。宇秀却偏偏要写，因为那里的弄堂房舍、光影气味、吴侬声韵、俚俗俚语、窸窸窣窣叽叽喳喳的声响都伴随着她的出生、成长，深深刻印在她的魂魄里，当她在几万里之遥从隐约微茫而不是真实确凿的证据里，听到这一切已经被岁月磨蚀得不再存在时，她不能不呼不悼不唤不写！

　　……圣诞前夕，刚移民温哥华又身怀有孕的露丝玛丽天天倚在自家窗前，像电影的推拉镜头般望着窗外"仍有绿意"的草地和踏在草地上面的脚步、人影，那不是一般的望，而是望眼欲穿：她在等待亲

回 望

友们的圣诞卡或回信，因为半个月前，她曾给国内亲友们寄了一大沓贺卡，特别是寄给曾是永福里邻居现已移民美国的阿胖哥的贺卡，因为里面还夹了封信。她不想看计算机上的回复，她巴望的是从前那种"真正手写的、贴了邮票寄来的问候"，因为那才是原汁原味来自故乡的有质感的惦记和问候。终于她看到那个天天盼着的穿着短裤和大头靴的邮差……随着意识的跳荡，那位过一段时间就来一次永福里、"穿着墨绿色制服"的邮差，以及那邮差带出的永福里的人与事和那些远去的时光电影闪回般地映现在她的眼前：王老太一家，聋膨阿婆一家，阿胖及阿胖姆妈、阿胖外婆，大块头，表哥，薄嘴唇女人，聋膨阿婆家的花猫，以及后来陆续搬入 7 号的临时住户……

有人就有氛围有矛盾有故事：每个月初，随着邮差站在 6 号门前高喊一声："王——绍荣，图章！"从阿胖姆妈、阿胖外婆到聋膨阿婆到左邻右舍立即一个个跨出门槛，在羡慕、忌妒、仰望的神情中，人们常是不约而同地高声催促："快点，阿玉寄钞票来了！"这时，胖墩墩的王老太便一叠声地应声奔出，递上老头子的图章，喜滋滋接过儿子寄来的汇款单，一阵"又寄来多少"等的问长问短声就随着涌到她身边的邻居们升腾起来，在人影与人声中，特别有面子的王老太显得更加得意。不过也不总是这么和谐，聋膨阿婆本已对王老太家由羡慕生忌妒，可安慰者只有自家那只花猫。可花猫发情时日夜啼叫，还踩碎了王老太家屋顶上的两块瓦，王老太不由得咒骂，尽管耳聋的聋膨阿婆并未听到，可从王老太的嘴的动作中她还是猜到了她的咒骂，更巧的是，几天后，那花猫突然死去。聋膨阿婆虽无证据，却确凿地怀疑就是王老太毒死了她的宠物！于是万怨合一，她不顾一切地同王老太大吵起来！幸亏她们各自的老头胸襟开阔，明事明理，化解了一场即将燃爆的大战！最为惊心动魄的是永福里人们的陆续搬离，它惊心动魄，却无声势，而是阴风般徐徐吹来地劫走永福里过往一切的魂：先是老来无依的聋膨阿婆夫妻俩被侄子"接走养老"，后是永福里不少人家的陆续搬迁，最后是死了老头再无支撑的王老太被女儿、外孙强行拉走，以便外孙以旧宅换新楼、满足外孙未婚妻嫁过来的条件。没过几年，从前那个烟火气十足、邻里间既争斗又和谐的苏州弄堂从人间消失了，代之而起的是现代化的高楼、商厦、霓虹灯……更可悲的是承载永福里一切故事的王老太和聋膨阿婆二十多年间从争斗到嫉妒到惜别到思念，终归双双而亡，再未相见，连王老太心心念念寄给聋膨阿婆的十元大钞也再无回音。

毕竟是诗人写小说，宇秀不同于此类题材通常采用的线性结构，即以时序为线、随着矛盾冲突的展开娓娓道来，她采取的是块状结构，以意识的流动拖出一块块生活的流动，在生活的流动中集中展示生活的流变，在意识的流动中倾诉失去、远离、永不再来的惆怅和乡情。这里没有惊心动魄的冲突，只用几幅画面几种氛围的营造，就烘托出一亲热一冷漠、一扎堆取暖一推拒疏离的时代变化和截然不同的人际关系。

在人物塑造上也一样，作者往往拂去语言、动作，而是以诗意感觉，用细节突显人物形象。如在王老太与聋膨阿婆因花猫突然死亡而大吵一架后，虽也冷战过一时，但并未从此不相往来。王老太的小孙女也就是后来的露丝玛丽还是照样偷偷往7号院里跑，聋膨阿婆也照样为她梳小辫儿，而且总是感叹说："王师母，福气哟！"又过一些日子，当聋膨阿婆的侄子送自己儿子来聋膨阿婆家后，王老太早已和聋膨阿婆捐弃前嫌，两人每早都亲亲热热同去小菜场买菜。在王老太的"公关"下，聋膨阿婆的菜篮也更丰富更添花色了。如果说这些细节描绘出了她们的和气善良本色，那么，另一细节更烘托出她们令人心疼的可怜卑微：聋膨阿婆决定搬往侄子家后，在收拾东西时拎出个奖状大小的镜框到门外，当她掸去上面的尘土后，里面照片显现出来：有她侄子光屁股的，有她和皮匠伯伯抱着侄子的，还有她扎小辫子时候的，"大概聋膨阿婆的一生都浓缩在这一尺多见方的框子里了"。小说写的是两位老太的性格命运，又何尝不是永福里这块土壤、文化和由此孕育出的人们的性格命运！他们善良又温厚，可爱又可卑，滋养他们又由他们营造出的这片土地上的人情味浓稠得让人不忍离去，但卑微的现实却又不能不使他们的一代代后人走出这片"温柔乡"：阿玉、表哥、阿胖哥，乃至心心念念思念它不止的露丝玛丽……这是残酷的，却又是不能不失去的——因为时代在变，人们的文化观念、梦想追求在变。他们得到的是已经实现或正在追逐的梦想，失去的却是来时路上哺育他们成长的原乡文化。愁在久思不得，久盼不再来，于是离得越远、越久，越浓得难以化开。作者最用心的一笔是露丝玛丽对阿胖哥音信的期盼，其所以将这种期盼和悲哀置于小说的开头和结尾，不光是因为他们曾在那个绵绵细雨中有过缠绵暧昧的一段相伴，更因为露丝玛丽已将阿胖哥看作永福里真实存在过的最后一个标志。其实，这是人类社会进程中的永久悖论，试想，当 19 世纪的人们第一次坐在借助于瓦特发明的蒸汽机风驰电掣地飞跑的火车上时，或许也是一面享受着现代交通工具的快捷，一面怀念赶着牛车边欣赏路旁野花边悠然行路的从容，就如今天的人们，一面怀念手写书信时代倾诉与倾听的温馨与惦记，一面又要享受电邮与微信的方便快捷。残酷的是，尽管人们对失去的过往流连忘返，却还是或义无反顾或凄凄切切地选择了现代和未来，犹如表哥、阿胖哥，包括露丝玛丽自己，这就是人类的悲哀，喜耶？悲耶？说不清，却是文学要书写探索的有趣命题。小说《永福里》的贡献就在于它以不长的篇幅、以诗意的感觉和笔触，写出了这种难以名状的诗意文化和冷峻的哲思。

　　大约 30 年前，我的一位老友俞汝捷先生经过长时间的阅读和研究，曾写过一部由中国青年出版社出版的《小说 24 美》，书出版后，反响颇佳，我曾玩笑说，你能保证除了这 24 美之外，就再没其他小说之美了吗？他对我笑而未答。今天，对应宇秀的小说《永福里》，我除了在俞版《小说 24 美》中找到可对应的"氤氲之美"外，以为还应加上氤氲托出的哲理之美。

历史的回声　今日的绝响

——书写"一带一路"的史剧是时代赋予的使命

就在创作长篇历史小说《朱棣与郑和》的进程中，由习近平主席领衔奏响的"一带一路"旋律越来越响，终致一百多个国家的各界嘉宾齐集北京，共商"一带一路"建设合作大计。见今思昔，滚滚思绪不禁从三千多年前的历史回声叩动了今日世界的绝响。

历史是现实的源头，现实是历史的长流，任何民族的宿命都大体离不开这个规律。每一个熟悉中国历史的人都知道，今天提出并大规模践行着的"一带一路"倡议正是源于历史上"丝绸之路"的伟绩，并赋予今天的胸襟、智慧和经济科技实力汇聚而成的光荣和实践。据报道，至今为止，支持响应"一带一路"倡议的国家已达一百五十多个！因为它是一个在经济、文化上开拓进取、惠及人类的倡议，参与其间的国家势将源源而至。

一、无论东方西方，人类智慧的发育和成熟期大体相同，只是形态不同，优长各异，因而人类需要交流互补，以期共同繁荣进步

为真实地历史地写好《千古商圣——范蠡的后半生》，我和我的合作者查阅了浩繁的中外史料后发现，就在范蠡参与谱写吴越春秋的史剧之后又急流勇退，以治国之智慧从商经商终成千古商圣的前后，老子、孔子、墨子、孟子、庄子、鬼谷子、孙子等东方哲圣都在孜孜谨谨，不但在各自的思想天空探求著述，而且已经将他们的哲思用于治世和修人；也是在同一时期（公元前 6 世纪—4 世纪），古希腊和古罗马也出现了苏格拉底、柏拉图、亚里士多德等西方哲学巨星。只不过，东方的哲圣们各有自己的主旨和流派并多求务实与实用，如老子出世、探求天人合一，孔子入世、主张修为治世，庄子重思辨、醉心于以有涯的生命求无涯的学问，鬼谷子探究奇计与奇技，无论外交、战事，都能以出其不意之思收出奇制胜之效……而西方以苏格拉底为祖师的巨星们则主张质疑一切，"真理是存在的，但你必须耕耘心智才能掌握"，柏拉图拒绝以物质观点解释世界，亚里士多德则认为地球是宇宙的中心……他们不主张教人什么是真理，他们只想为人们奠定迈向真理的方法，他们在人、神争吵中不休地构筑着精神界的"理想国"，他们虽然有些远离尘世，但在殷殷开启着苟苟于物质世界的人们的心智，试图以此引导人们渡向真理的彼岸。

无独有偶，同在公元前 20—公元前 18 世纪，古巴比伦人创建了以月亮围绕地球旋转周期计算的太阴历的时候，生活于夏朝的中国先人们已在使用沿用至今的中国阴历，更神奇的是，他们还不约而同地每隔两三年设一个闰月；也是在同一个历史时期，中国的《诗经》与希腊的《荷马史诗》东、西相应，同时出现在人类文明的天空，成为世界诗坛难分伯仲的史诗；16 世纪末到 17 世纪初，英国大戏剧家莎士比亚与中国大戏剧家汤显祖同时以其精湛的剧作并称于世，更巧的是他们又在同一年离开这个世界……几千年前交通不便、信息窒塞，东、西方的人们甚至几乎不知彼此的存在，何以历史的进程文明的发展几乎相差无几？我以为除了证明人类不分种族、不分地域、不分肤色，其智慧与求进之心大体不相上下之外，还有互相感应、互相渴望信息共享、文明共享的愿望，因此，开放交流、彼此互补是历史的潮流，是人类共同的渴望和宿命。

二、遍查中国历史，历来是盛世开放交流，衰世闭关锁国

有部专题片判定中国为黄土文化以来，不少人都默认了此一论断，经过近些年对中国历史的研究得知，这一论断至少是失之偏颇的，他们的依据无非是说自古至今中国都是农耕社会，百分之九十以上的人口是靠耕耘为生的农民，其所以如此，是因为中国的海岸线不长，海上活动不多，他们甚至还将修筑长城比作中国闭关锁国的象征。

其实，只要翻检一下中国历史就会发现远非如此，大凡历史盛世，历代祖先都以阔远的视野、博大的胸襟，或海路或陆路走向世界、协和万邦，与世界各民族亲诚惠容、开展贸易和文化交流、探索海外的未知世界。如早在秦汉时期，邻近的日本、朝鲜、越南、泰国、柬埔寨、缅甸等国就与我们交往频繁，他们当时或成了中国的附属国，或与中国进行频繁的经济文化交流，而更多的则是学习中国的政治经济文化等治国经国方略。到西汉鼎盛时期的公元前138年，汉武帝更派遣张骞出使西域，开通了丝绸之路，以致罗马的恺撒尚未登上王位时就穿上了从中国传入的丝质长袍，引得罗马上层以能穿上中国的锦衣绣服为时尚、高贵，他们也因此得知，东方有个"丝国"或称"塞里斯国"。后来，东汉又派班超出使西域，其副将甘英本欲驶往罗马，但因情况不明，至波斯湾而返。公元166年，罗马帝国国王安敦首次派使臣来东汉，至此，这是正史中关于欧洲和中国直接往来的最早记载。第二个与海外交流的高潮是隋唐时期。那时我国已

成为世界东方经济文化中心，其与外交往的特点是为海外各国培养
人才，对外交流空间迅猛扩大，除东亚、东南亚外，也与中亚、西
亚、欧洲、非洲建立了经济文化往来，来往最频繁的是阿拉伯、波斯
的使节和商人，特别是盛唐时期与世界交往甚为频繁，武则天去世
后，至今恭立其墓前、身着各自国家服饰的 61 国使臣的石塑就可见
一斑。史载，当时的不少外国人还纷纷或移民或居留于盛唐而不愿归
去。自北宋始，我国商贸发达、运输精进，特别是海上运输已领世界
之先，拥有南中国海和印度洋上最大最活跃的船队，元、明时期出现
了一批走在世界前列、经验最为丰富的航海家，如元朝的汪大渊、明
朝的郑和等。在我和我的合作者写大型历史剧《朱棣与郑和》查阅浩
瀚的史料时得知，郑和七下西洋时，其船队的各种舰船就多达二百多
艘，最大的舰船已达 150 米长、载重两万多吨！船分旗舰、兵船、马
船、兵器船、货船……船队共 27800 余人，其浩浩荡荡驶于海上的气
象真如海上仙山！而其出航的宗旨和目的就是"以和为贵，以善为
高，协和万邦，亲诚惠容"，既彰显大明王朝强而不霸、富而不淫的
大国形象，赢得了万邦拥戴，在与南亚、波斯、阿拉伯及欧洲的贸易
活动中，无私地输出了丝绸、瓷器、茶叶、种子和当时世界的领先科
技、文物和东方文明，也展示了中国人航海和贸易的才能，以至六百
多年后的今天，当英国皇家海军中校、航海家加文·孟席斯追踪郑和
船队的足迹，遍访了一百二十多个国家、九百多家图书馆博物馆后著
书《1421——中国发现世界》说：郑和比哥伦布早 87 年发现美洲大
陆，比库克船长早 350 年发现澳洲，比麦哲伦早 60 年到达麦哲伦海
峡，欧洲人后来所以能一个个到达航海目的地，是因为"他们航海时
都手拿地图和到达目的地的路线图，这一切都应归功于人类的第一批
探险者——永乐十九年至二十一年进行史诗般航海事业的中国人——

朱棣、郑和……"由此可见，中华民族不仅创建了悠久的陆地文明，也同样创建了悠久的海上文明，正如明成祖朱棣所说，大海是我们流动的国土。我们荒疏过经营，可一旦陆上安定和平，我们就要经营好这流动的蓝色国土，并通过这片国土与外面的大千世界互惠交流，建立邦交，以期共进共荣。

三、书写"一带一路"的史剧和今日中国，是海内外华人作家的历史使命

自 1840 年始，中华民族历经百年屈辱、半个多世纪的战乱，终于迎来了改革开放、天下晏然、从经济大国向经济强国突进的今天，提出并积极践行"一带一路"倡议，这不啻是一个对世界华文作家的历史机遇，是国家和民族为我们铺展出的一片创作沃土，也是历史赋予我们的一个光荣使命。

凡在海外侨居过和世代侨居的华文作家都深有体会，尽管世界已逐渐趋向地球村，尽管人们的胸怀已愈益开阔，多元文化也渐趋常态化，但偏见和狭隘还是如幽灵般时时闪现，尤其对于华人和华文文化，他们往往或有意或无意地予以篡改、矮化和种种下意识的甚至不怀好意的猜测和污名化。这不排除他们的政治历史偏见和惯性思维，但也与我们译介不够、书写不够和不善表述关系极大。为了能使世界真实全面地了解中国、了解中国文化和"一带一路"的文化内涵，我以为我们应该：一是调整建立一套客观科学、让世界认识中国文化的方针和切实有效的方法。文化靠潜移默化、耳濡目染，既不能急于求成，也不能主观灌输，而要让人在欣赏中接受，在心悦诚服间浸润。二是要在发展政治经济这个硬实力的同时，也应同样关注关心支持世界华文文学创作，包括为他们作品的出版和传播搭桥铺路，为他们的

优秀作品鼓与呼。三是侨居海外的华文作家们应该不忘使命、调整视角，尽量以所居国度读者喜欢的风格笔触讲述中国故事，能用双语写作的作家们不妨双语并用进行创作。四是当今的翻译家比诸前一世纪早已不成阵势，更无林纾、傅雷等老一代的大家，适时适当地培养一批海内外翻译家，将优秀的华文文学作品译往世界当是今日的任务所在。

国欲强，先育人，再治家

——读《治家格言》

　　家有家风，国有国风，时代（社会）有世风。家风正，则家兴；国风正，则国强；世风正，则气象轩然、风姿优雅、万邦和畅。自人类创造婚姻，之后即繁衍为家，众多家庭组成了族群，众多族群组成了国家，众多国家组成了人类社会……因此，欲使人类社会健康昌达，就要从育人、兴家做起。其实，《礼记·大学》中早有所言："古之欲明明德于天下者，先治其国；欲治其国者，先齐其家；欲齐其家者，先修其身；欲先修其身者，先正其心；欲正其心者，先诚其意；欲诚其意者，先致其知……"这也就是后人讲到励志兴家治国时常说的"修身、齐家、治国、平天下"的原本出处，由此可见儒家始祖孔子的远见卓识。两千多年来，中华民族基本以儒家文化为树人立国之宗旨，故而在此之后，凡修身、治家、兴国的著述大抵都以此为宗，再结合作者自身的经历、体悟，使其更丰富、更生动、更有说服力，明末清初著名理学家、教育家朱柏庐所著《朱子治家格言》就是其中的佼佼者。特殊的家庭境遇，使得朱柏庐孤高耿介、不事流俗，其坚守民族气节辞官不做、孝母育弟倾心向学之心更为痛切，其遗嘱中所说"学问在性命，事业在忠孝"，即足以表明朱子其人、其心、其志。本书就是以《朱子治家格言》为纲，以上下古今之或先贤或君王或将相或樵夫村姑的故事传说为目，生动传神、娓娓道来，将其格言讲得更形象、更深刻，以期传承经典、教化后人，这对今天弘扬中华文明、继承民族精神、醇化社会风尚、增强民族软实力，不啻是一件雅俗共赏、老少咸宜的好事。

治家非小事，可又必须从一件件小事做起，朱子深谙其道，所以其"格言"开篇即是"黎明即起，洒扫庭除，要内外整洁。既昏便息，关锁门户，必亲自检点"。初看似有些啰唆絮叨，可要坚持做到天天如此、终生如此，就能成为一个勤奋好学、严谨整洁而富有修养的人。祖逖闻鸡起舞、章学诚勤能补拙、孔子废寝忘食，都是最生动，最有力的说明。

接着是"一粥一饭，当思来之不易；半丝半缕，恒念物力维艰"。从字面讲自是不难理解，无非是教人要节俭、戒浪费，但书中所举例证故事却让人久久难忘。因苏东坡的诗词既有如"大江东去，浪淘尽"的磅礴气势，又有如"十年生死两茫茫"的凄美柔情，且在官场上几经浮沉、客死儋州，再加上至今绵延不衰的"东坡肉""东坡肘子"等佳馔，在人们心目中，他应该是一位洒脱豪放、不拘小节的大诗人，一位不计花销的美食家。可有谁知道，他在生活用度上却又是那样令人难以想象的节俭！因为屡经贬谪，为了生计，他将一再降低的薪俸精打细算，将年俸分为十二份，每月用一份；每月的一份又分成三十小份，每日用一小份。为防遗失，他还把分好的钱装在口袋里挂在屋梁上，每日清晨取下一包。取下这包钱再经计划，急用者先买，能省则省，绝不超支，之后再将每日省下的钱装到另一只竹筒里，以备急用。正是因为节俭度日，才使他度过了一次惨过一次的贬谪岁月。当然，他也有过平反昭雪又复腾达的时候，即使这时，他也自我规定，每顿只一饭一菜，如有来客，再加两菜；赴别人宴请时，他也会预先约定绝不铺张。一次，有位多年未见的老友请他吃饭，他一见满桌菜肴，即说，每人两菜足够，其余撤下，否则我就走。老友只好命人撤去大半桌美味佳肴，只留了四盘菜和一壶酒。苏东坡一生都谆谆教导家人要未雨绸缪，要自奉俭约，尽管事业腾达、有钱有势，也要坚守自奉。看得出，这都是对儿孙的修身教育，也正因此，他的诗词才如此恢宏畅达，醇净超迈。他曾任吏部尚书、太守、通判、团练副使，官场颠簸多半生，却从未贪过一粒米、一丝棉，他的子孙也无一贪官。

及至子孙成年，要择偶成家，家风清醇与否，为择偶标准中决定性的一步，无论是市井小民还是官宦庙堂之家都要慎之又慎。朱子指出"三姑六婆，实淫盗之媒；婢美妾娇，非闺房之福""奴仆勿用俊美，妻妾切忌艳妆"，意即喜欢搬弄是非的人不可亲近，美丽姿媵环绕未必是好事，不要选貌美的人做仆人婢女，妻妾也不要浓妆艳抹。为阐明朱子之意，本书特举了董卓因好色中了貂蝉的美人计、周幽王为讨褒姒一笑而误国、夫差因西施而败亡的事例；而后朱子又说："嫁女择佳婿，毋索重聘。娶媳求淑女，毋计厚奁。"其实，朱子之意未必在说"厚奁"与"重聘"，他在意的是求"佳婿"与"淑女"。本书深谙其意，于是不吝引黄帝择妻之语："重美貌不重德者，非真美也；重德轻色者，才是真贤！"他这样说，也这样做。他以这样的标准娶来的第四位妻室嫫母，虽远不如前三位妻室美妍，甚至是有名的丑，但却是最贤德、最温柔、最能施教化的女人。嫫母教宫中女人制作衣冠、梳妆打扮，还教她们面对或盆中水或溪中水整理仪容的办法，她称此为"鉴于水"。

诸葛亮也是持此标准择妻以致拖成晚婚，直到二十五岁时，他听说沔南一位名叫黄硕的女子扬言："非诸葛亮不嫁"，一打听，方知此女竟是道德文章冠绝一时的黄承彦之女。黄硕熟读经史、博学多才、贤淑得体，善持家，人善良，只是身材壮硕，脸黑发黄，小名"阿丑"。但这并未使诸葛却步，他乔装简从、不报姓名地来到黄家门前。黄硕从他的风仪姿容已度出此人即诸葛亮，其父将诸葛亮迎入厅堂，诸葛亮旋即被那院中花木、厅中书卷，特别是黄硕所绘那幅《曹大家宫苑授读图》深深陶醉，待黄硕亲自托盘奉茶而至时，诸葛亮几乎没看她的身材和面容，只见一双清澈的大眼睛和大方的举止，两人遂一见钟情。婚后，无论生活和事业，她都成了他的贤内助，据说诸葛亮克敌制胜的不少妙计，都有黄硕的智慧和功劳。

每个人多少都会带有原生家庭的文化烙印，这文化烙印起自家教家风，而家教家风由家庭环境所染。故此，无论男女，择偶标准关乎整个家族的命运，这就是朱子一再强调、叮嘱此端的初衷，也是树人、齐家的关键。

此外，如孝亲祭祖、父慈子孝、兄友弟恭、谦恭尚义、温恤礼让、有恩要报、济人不图报、不妒人多责己、不恃势凌弱、戒奢靡不炫富、不嫌贫不追富、倡刻苦勤读书……《朱子治家格言》对各方修养皆教而无遗。书中最难忘者当推曾国藩的"教子五招"：一、清晨即起，戒除怠惰。二、男子每天除读书、写字、写作外，还要洒扫庭除、养鱼、喂猪、种菜，曾国藩将其称为"书、蔬、鱼、猪、早、扫、考、宝"的治家八事。三、务节俭，戒奢侈，包括用具、饭食、衣着皆有规定，每月生活所需银两"限一成数，另封称出。本月用毕，只准盈余，不准亏欠"。因为世家子弟欲成大器，就需"崇俭"。四、门第越高，越应谦虚待人，谨慎处事，切不可盛气凌人，仗势胡为。五、重读轻仕，"凡人多望子孙为大官，余不愿为大官，但愿为读书明理之君子"。皆因治家如此，曾家世代奇才迭出：长子曾纪泽诗、文、书、画俱佳，又自修英、法、俄三国语言，成为不辱使命的外交家；次子曾纪鸿受"雪国耻"之教影响，自少年起即钻研数学，他敏思锐进，创立新法，有《对数详解》《圆率考真图解》等专著，是著名的数学家。曾国藩的孙子曾广钧是著名诗人，曾孙曾宝荪、曾约农皆为著名学者和教育家，其余后人也多为学者、教授和科学家。

如今省思世风日渐不古、骄狂奢靡之风日甚，原因自然多多，如价值观的偏颇、重物轻心之风的迷乱，知识爆炸反而不读书浅读书的心态浮泛……但更重要的是疏淡了家庭教育和修身、治家的意念。当此，《治家格言》的出版真是此其时也，它必将给人一种久违后的亲近，必将带给人一种精神的靠岸。自然，由于时代的局限，书中也有一些封建观念的偏颇，但只要稍加辨析，自会汲其精华为己所用，从而受益多多。

容斋通大野，随笔写乾坤

——浅见《容斋随笔》

今之随笔，虽不拘长短，却需要足够的见识、学问、才情；作者将自己的所见、所闻、所思、所念妙笔写来，或阐主张抒情感，或答时弊斥奸佞，或犀利讽刺，或温婉嘱告。正因如此，随笔成为众人喜爱的一种文体，无论报纸杂志还是网络新媒体，多有刊登，读来既方便快捷，又怡情获益。究其渊源，它们其实来自汉魏以降的笔记体，《容斋随笔》是洪迈的读书笔记。其所以称为随笔，原是"谦言随笔录之"的意思。

洪迈（1123—1202），字景庐（一作景卢），号容斋，别号野处，谥号文敏，南宋饶州鄱阳（今江西鄱阳）人。其父洪皓为北宋末年进士，南宋渡江初年，以徽猷阁待制、假礼部尚书出使金国，被金扣留十五年，金败后才得南归。洪皓著有《鄱阳集》《松漠纪闻》等，后因斥秦桧与金勾结而被贬谪致死，其长兄洪适、次兄洪遵同为绍兴十二年（1142）考中博学鸿词科进士，分别官至丞相、执政，长兄著有《盘洲集》《隶释》等，次兄著有《翰苑群书》等。三年后，洪迈亦考中博学鸿词科进士，初为地方转运司属官，后历任馆职、郡守，官至翰林学士，以端明殿学士致仕，卒赠光禄大夫。洪迈勤奋治学、著述甚丰，原有著作数十种，可惜大多散佚，现存者除《容斋随笔》外，尚有志怪小说《夷坚志》二百余卷、《野处类稿》二卷、所编《万首唐人绝句》一百卷。

五十余万言的《容斋随笔》乃洪迈十八年的读书笔记，全书撰写前后持续了四十余年，可称其代表之作，也是迄今为止众人瞩目、评价极高的一部大书。明人李瀚称洪迈"聚天下之书而遍阅之，搜悉异闻，考核经史，捃拾典故，值言之最者必札之，遇事之奇者必摘之，虽诗词、文翰、历谶、卜医，钩纂不遗，从而评之。参订品藻，议论雌黄，或加以辩证，或系以赞繇，天下事为，寓以正理，殆将毕载"。明末马元调称此书"考据精确，议论高简，读书作文之法尽于是矣"。到了清初，洪迈后人洪璟者说："先文敏公容斋先生《随笔》一书，与沈存中《梦溪笔谈》、王伯厚《困学纪闻》等，先后并重于世。其书自经史典故、诸子百家之言，以及诗词文翰、医卜星历之类，无不毕载，而多所辩证。"不必多引，仅从前面所引三段文字即可看出全书的内容、风格、体例、价值。见解来自洪迈的蹉跎阅历和博览群书，辨析来自他的视野、悟性、胸襟和胆魄，难怪此书一经问世，就在南宋朝野引发强烈反响，以致那位还算开明且胸中颇有文墨的孝宗皇帝，也被刊刻的《容斋随笔》吸引，称其议论精当，并嘱其继续书写下去。

先说此书涉猎之广、用心其精和洪迈慎读慎解之风。且以《禹治水》为例："《禹贡》叙治水，以冀、兖、青、徐、扬、荆、豫、梁、雍为次，考地理言之，豫居九州中，与兖、徐接境，何为自徐之扬，顾以豫为后乎？盖禹顺五行而治之耳。冀为帝者，既在所先，而地居北方，实于五行为水，水生木，木东方也，故次之以兖、青、徐；木生火，火南方也，故次之以扬、荆；火生土，土中央也，故次之以豫；土生金，金西方也，故终于梁、雍。所谓彝伦攸叙者此也。与鲧之汩陈五行，相去远矣。此说予得之魏几道。"

从父亲洪皓到洪迈三兄弟，皆以心系天下、救助生民为己任，洪迈读《禹贡》这部书写大禹治水的著作时自然格外认真。为厘清禹治水的顺序，他边读边对地图，发觉顺序不对，"豫居九州中，与衮、徐接境，何以自徐之扬，顾以豫为后乎？"他继续翻书询问，后从魏几道处得知，原来大禹治水的路线是按阴阳五行确立的，这就和《尚书·洪范》所说的序列相符，和鲧乱列五行相去甚远了。在大力倡导读书之风的今天，洪迈考证地读、比较地读，终于读出真知灼见的实践和效果，不啻是教我们如何读书的指南。

洪迈又将目光投向大海。且看书中之《四海一也》："海一而已，地之势西北高而东南下，所谓东、北、南三海，其实一也。北至于青、沧，则云北海，南至于交、广，则云南海，东渐吴、越，则云东海，无由有所谓西海者。《诗》《书》《礼》经所载四海，盖引类而言之。《汉书·西域传》所云昌蒲海，疑亦渟居一泽尔。班超遣甘英往条支，临大海，盖即南海之西云。"

洪迈从我国版图的地势高低和陆地的东西南北方向考察，断定我们面临的大海只是一个，其所以称作东海、北海、南海，是因大海所靠陆地的位置、方向而得其名，由于版图西向皆为陆地，也就没有西海之称。依此推断，《诗》《书》《礼》等经书所记载的四海乃是连类而云，《汉书·西域传》所说的蒲昌海，我怀疑不过是一片大泽罢了。至于班超派甘英出使条支所遇的大海，大概就是南海的西侧了。洪迈读书不仅求懂、求通，还要推断、论证，求个究竟，他甚至敢于挑战先贤、怀疑经典、修正经典，将经典所载之四海修正为三海。他的这般论证已成结论，直至今天还被我们沿用并视作定论和常识，这体现了读书与写作的价值。

他不仅观大事、辨大象，一些日常所见的习惯、现象也常入其笔端。如《随笔》卷四之《喷嚏》："今人喷嚏不止者，必喂唾祝云'有人说我'，妇人尤甚。予案《终风》诗：'寤言不寐，愿言则嚏。'郑氏笺云："我其忧悼而不能寐，女思我心如是，我则嚏也。今俗人嚏，云'人道我'，此古之遗语也。'乃知此风自古以来有之。"

直至今日，凡打喷嚏者还会说"有人念叨我"或"有人骂我"。从上文看，这在八百年前就已成风气，并引起洪迈的兴趣，他查阅古籍，证实"此风自古以来有之"。看来一个民族的习俗传承或曰文化传承，总是源远流长的，无论美好、流俗抑或亦美亦俗。可贵的是，洪迈对任何现象都要溯本求源问个究竟，这才是做学问的精神。

作为端明殿大学士，洪迈志向虽为修身、齐家、治国、平天下，主业不在为诗，但作为古时的读书人，诗词修养是不可或缺的。从书中所见，他不但诗词修养醇厚，且是兴味盎然、见地高妙，对诗人身世和诗词原委也多有考证，如他在卷二《古行宫诗》中说，人们都知道白乐天所写《长恨歌》《上阳人》感人肺腑，其实论"道开元间宫禁事"的，元微之的《连昌宫词》"最为深切矣"，特别是他在《行宫》中的绝句"寥落古行宫，宫花寂寞红。白头宫女在，闲坐说玄宗""语少意足，有无穷之味"。在卷三《李太白》中，人们都说李白是在当涂的采石因醉酒泛舟江上，"见月影俯而"捞取，遂淹死水中，所以采石有捉月台。查对李阳冰作太白《草堂集序》说："阳冰试弦歌于当涂，公疾亟，草稿万卷，手集未修，枕上授简，俾为序。"又李华作《太白墓志》，亦云："赋《临终歌》而卒。"经过这番考证，洪迈考证出李白是因染病而死，世间那些传说并不可信。

最为难能可贵的是，洪迈对一些名诗、名句反复推敲，为得一字之妙进行精微地考查和比较。如卷八之《诗词改字》："王荆公绝句云：'京口瓜洲一水间，钟山只隔万重山。春风又绿江南岸，明月何时照我还。'吴中士人家藏其草，初云'又到江南岸'，圈去到字，注曰不好，改为过，复圈去而改为入，旋考为满，凡如是十许字，始定为绿……向巨原云：'元不伐家有鲁直所书东坡《念奴娇》，与今人歌不同者数处，如浪淘尽为浪声沉，周郎赤壁为孙吴赤壁，乱石穿空为崩云，惊涛拍岸为掠岸，多情应笑我早生华发为多情应是笑我生华发，人生如梦为如寄。'不知此本今何在也！"

几相对照自可看出，古时的诗人即使名气、成就再大，为一字之妙，不知会推敲来斟酌去捻断几根须，其诗作才得传至今日，令人称奇不已！因想到近些年来，在弘扬民族传统文化之风时，不少人都热衷于写古体诗词、写书法，这的确可喜可感，但书法离不开诗韵，诗词除讲究韵律对仗外，更注重底蕴、魂魄与字词之传神，并非白开水、顺口溜、只要韵脚差不多就算古体诗。

读《容斋随笔》可见，洪迈虽无意为诗人骚客，但绝对是一位诗词修养深厚的鉴赏家、诗评家，且目光超拔、品位卓然。因此，他在书中无论对风、雅、颂，还是对汉魏六朝、唐宋诗词大家之作皆有考证比较、褒贬分析，使人耳目一新、得益多多。

毕竟是以天下为己任的士大夫，洪迈最看重的学问还是历史和政治，他时常直斥弊端、直陈己见，一可见其情怀，二可见其胆魄。如卷七（十七则）《田租轻重》："李悝为魏文侯作尽地力之教，云：'一夫治田百亩，岁收粱百五十石，除十一之税十五石，余百三十五石。''盖十一之外，更无他数也。'"如今就大不一样了，农民每交纳一石粮的税，义仓就说因为运输和储存有耗损，你们还要再加一斗二升，官仓也明确规定要多收六成，这中间根据税粮的粗细，再分若干等，有的甚至分为七八等，管理粮仓的人手拿刮平尺又轻重不同，量二石粮再多拿二三斗也是常有的事，至于水路运粮的运费、租赋以外的头子钱、买卖交易的附加费等，加起来足有七八百钱，以中间价计算，再加租船费，又需五斗粮，这样算起来，收一石粮加上税就几乎要交三石粮了……他接着引古喻今说："董仲舒为武帝言：'民一岁力役，三十倍于古，而田租口赋，二十倍于古。'谓一岁之中，失其资产三十及二十倍也，又云：'或耕豪民之田，见税十五。'言下户贫民自无田，而耕垦豪富家田，十分之中以五输本田主，今吾乡俗正如此，且为'主客分'云。"

洪迈，这位八百年前的封建王朝高官，能够如此细心地体察民情、为农民赋税之重算出这样的细账，足见其爱民、恤民的民本思想。更令人敬服的是，为证实自己的观点，他还从战国时李悝为魏文侯所设的赋税制度，引至董仲舒上奏汉武帝的话"民一岁力役，三十倍于古，而田租口赋，二十倍于古"。最后还大胆地说："今吾乡俗正如此。"

洪迈在《续笔》卷四《宣和冗官》中更指斥权奸蔡京当政时官员的冗滥现象。从去年七月至今年三月（宣和年间），两选朝奉大夫至朝请大夫六百五十五员，横行右武大夫至通侍二百二十九员，修武郎至武功大夫六千九百九十一员，小使臣二万三千七百余员，选人一万六千五百余员。从其后所说"吏员猥冗，差注不行"之语，即可看出洪迈的焦虑之心，就是说这些官僚不但太多，而且太滥。在《三笔》卷七《宗室补官》中，他还将笔触指向皇族："寿皇圣帝登极赦恩，凡宗子不以服属远近，人数多少，其曾获文解两次者，并直赴殿试；略通文墨者，所在州量试，即补承信郎。由是入仕者过千人以上。淳熙十六年二月、绍熙五年七月，二赦皆然，故皇族得官不可以数计。"

为百姓生存、为官场冗滥、为皇族特权，洪迈敢于秉笔直书，力陈己见，足见其忧国忧民之心！不知他的这些看法是否曾抄以奏折上奏朝廷，皇帝御览后又作何批复？但能书于读书笔记中且被当朝皇帝读过，也足以见其学问和勇气，他真正做到了"以天下之忧为忧，以生民之乐为乐"。

《容斋随笔》的确是一部魅力无穷、旷古不衰的大书，它不但使人扩眼界、增学问，而且能够涤胸襟、启心智，教人如何读书、如何思考、如何做人、如何面对世间万物。

词仙·情圣·渌水亭
——从纳兰词到纳兰性德

　　凡喜欢古诗词者，有谁不爱纳兰词？特别是初谙人生、初试情事的青春男女，有几人能挣却他的旖旎诗韵、扯断他的情丝婉转？他的确是个词仙，是个情圣，是个魂如清泉、情若夏荷的人，难怪他的起居地"渌水亭"满是清水，忘情处皆飘荷香。

　　其名纳兰性德，字容若，号楞伽山人，姓叶赫那拉氏，生于1655年1月19日，系明珠大学士之长子，其母为英亲王阿济格第五女爱新觉罗氏。这位生于钟鸣鼎食之家的贵公子天资聪颖、饱读诗书、文武兼修、尤俱诗才。他十七岁入国子监，深得祭酒徐元文激赏，十八岁中举，十九岁进贡士，二十一岁以二甲第七名的骄人成绩入进士，继而拜徐乾学为师，用两年时间编竣儒学汇编《通志堂经解》，并著有《通志堂集》《侧帽集》《饮水词》《渌水亭杂识》等。因得康熙皇帝赏识，他终生伴扈君侧，从三等侍卫升任一等侍卫。可叹天不假人，1685年6月底，他抱病与好友聚，一醉一咏三叹后，病，七日后，溘然长逝，年仅三十岁。

　　"诗言志，词缘情"，亲情、爱情、友情、生民情、天地情……诗人谁个不多情，更何况生于温柔富贵乡、长于诗书薰薰府的纳兰容若！且看他的《如梦令》：

正是辘轳金井，满砌落花红冷。蓦地一相逢，心事眼波难定。谁省，谁省。从此簟纹灯影。

其词大抵是：暮春时节，在一水井旁，词人偶遇一女子，两人眼波交递后，词人即久久难忘，特别是夜深人静、独对灯影时。全词无一笔写女子的蕙容兰质，但从那辘轳生"金"、落红生"冷"、"簟纹"的缠绵中，已留出足够的让人想象女子之美的空间，否则，词人就不会无时不猜度女子与他交递那眼波的含义。"谁省，谁省"，心里多么渴望那眼波流出的是对他的爱意……多情公子，乃至痴情若此！

如果说这仅仅止于一场因偶遇牵起的几点情波，那么他与表妹那桩两小无猜、终生相爱而不可得的悲剧，就成了他抱恨终生的悲情大河。不妨重读一下《减字木兰花》：

相逢不语，一朵芙蓉著秋雨。小晕红潮，斜溜鬟心只凤翘。　待将低唤，直为凝情恐人见。欲诉幽怀，转过回阑叩玉钗。

少年时节，容若与两小无猜的表妹订立婚约，未久，表妹却被选入宫中，这不啻是投向他们的致命惊雷！他在朝思暮想、百般无奈中，只求一个再见表妹的机会。后遇国丧，容若见喇嘛们每日入宫唪经，便贿通喇嘛，自己披上袈裟混入喇嘛群中，以诉两相思念的衷肠。只可惜，冒着私入宫闱禁地、私情皇妃这等杀身之祸的相见，虽然近在咫尺，只能"相逢不语"，很想低低唤她一声，却"直为凝情恐人见"，"幽怀"难诉，只得"转过回阑叩玉钗"。伤痛中，他蓦然想起表妹说过的"清风朗月，辄思玄度"，可惜当年他未解，如今却

回 望

一语成谶，此见已成最后一面。依此揣度，此一情结又何尝不是他终生郁郁寡欢之根！

如果说少年情爱还只是青春的追慕、诗意的想象、缥缈的浪漫，那么成婚后的夫妻就是"爱情加亲情"，加进了家庭性、社会性的沉实与成熟。命运对容若不薄，在他二十岁时，给他送来了十八岁的卢氏与其成婚。卢氏出身名门，不仅气质如兰，而且心性独具，两人琴瑟和鸣，可惜身为康熙殿前侍卫的容若公务繁忙、与妻聚少离多，不知牵出多少思念，且看《天仙子》：

> 好在软绡红泪积，漏痕斜罥菱丝碧。古钗封寄玉关秋，天咫尺，人南北。不信鸳鸯头不白。

看着你寄来的轻纱上的泪痕，就像那行行斜挂着的草书，凄清娟秀、字字情深，身在边关的我又何尝不想马上飞到你身边！虽然常常天南地北，但我坚信我们会白头到老。然而他万没想到，当初的幸运很快成了噩运——未待相伴白头，三年后，卢氏就因难产弃世。期许未尝，青春丧妻，他悲痛难抑，陆续写下五十多阕悼亡词，且录《浣溪沙》：

> 谁念西风独自凉，萧萧黄叶闭疏窗，沉思往事立残阳。
> 被酒莫惊春睡重，赌书消得泼茶香，当时只道是寻常。

卢氏已去，夕阳残照中，容若孑然一身独立寒秋，他经不起萧萧黄叶扑来，急急关紧雕窗，陷入对往事的回忆：春睡初醒，温柔阁中，夫妻伴着满室茶香以赌怡情……没想到这闺中寻常事，如今成了永难再续的梦，今日想来是何等珍贵……读到这里，不能不让人想起苏轼《江城子》中的"夜来幽梦忽还乡，小轩窗，正梳妆。相顾无言，惟有泪千行……"虽每个人境遇不同、心性各异，所忆亡妻的画面也各自不同，但其凄切缠绵却一样直捣人心，难怪王国维说他是"北宋以来，一人而已"。

交友是年轻人的"通病"，更何况是以情为命、以诗为魂的容若！他多情，也一样重义，正如张任政所说："先生笃友谊……虚己纳交，竭至诚，倾肺腑……惟时朝野满汉种族之见甚深，而先生友俱江南人，且皆坎坷失意之士……"当他得知友人顾梁汾的母亲病逝，顾将离京南归时，即以一阕《于中好》相慰相期：

> 握手西风泪不干，年来多在别离间。遥知独听灯前雨，转忆同看雪后山。
>
> 凭寄语，劝加餐。桂花时节约重还。分明小像沉香缕，一片伤心欲画难。

容若与梁汾同悲同悼后，又伤心即将到来的长久别离和朋友的独自悲伤，他只得深情款款地寄语朋友要加餐饭、要保重身体，期待着桂花时节再次相逢。

如果说这是对朋友雨润无声、切肤贴心的体悟关怀，那么，他的《金缕曲·赠梁汾》则一展他重诺重义、豪气冲天的男儿襟怀：

> 德也狂生耳！
> 偶然间、淄尘京国，乌衣门第。
> 有酒惟浇赵州土，谁会生成此意？
> 不信道、遂成知己。

回 望

> 青眼高歌俱未老，向尊前、拭尽英雄泪。
>
> …… ……
>
> 一日心期千劫在，后身缘，恐结他生里。
>
> 然诺重，君须记！

二十二岁的容若结识了四十岁的顾梁汾，不禁被顾的风骨与才情吸引。他置酒狂饮，道尽心曲，说自己不过是一个京城"狂生"，只因出自"乌衣门第"才在朝为官。其实他最醉心的还是广交天下贤士。喝酒，喝酒，趁我们都还不老。请老兄记住，诺如千斤，今生今世不管遇到什么，我们都是不离不弃的好朋友！在那个满人歧视汉人、贵族歧视平民、浑浊愚昧的封建社会，一位贵族公子、御前侍卫，能对仕途蹉跎、大自己近二十岁的过气文人一见如故、尽吐心曲，并引为终生知己，足见他的开阔襟怀、慷慨义气！正因为他这种与友人剖肝沥胆，只要性情投合就一逞为快的丈夫气，导致病中他与友人合诗、对饮，三十岁便英年早逝，使世间过早地失去一位词仙。

既为御前随扈，容若自然少不了随扈巡边的边塞诗词，如他那有名的《长相思》：

> 山一程，水一程。身向榆关那畔行，夜深千帐灯。
>
> 风一更，雪一更。聒碎乡心梦不成，故园无此声。

跋山涉水，风雪兼程，直奔"榆关"而去。夜色沉沉，边关萧瑟，唯有千百个营帐中凸显出的点点灯火。这一夜的风声雪声嘈杂声也搅碎着思乡人的梦……与惯常边塞诗不同的是，它没有马踏冰河、箭飞马嘶、大杀大伐的震撼，有的只是山、水、风、雪、帐中灯、聒碎的梦……以静写动，却是一样的肃杀和萧索。又如他的《南歌子》："古戍饥乌集，荒城野雉飞。何年劫火剩残灰，试看英雄碧血，满龙堆……不道兴亡命也，岂人为。"还有《浣溪沙》："身向云山那畔行，北风吹断马嘶声……半竿斜阳旧关城，古今幽恨几时平。"没有苏轼的"会挽雕弓如满月，西北望，射天狼"，也没有辛弃疾的"醉里挑灯看剑，梦回吹角连营"。人们赋诗填词总离不开所处时代、个人命运——康熙朝乃康乾盛世，雄踞东方，不但无人入侵，反而颐指天下，加之容若又是人上之人，并无苏轼、辛弃疾的民族仇、失土恨、仕途蹉跎，他忧虑的是战争给人们带来的战乱、离散和家园的破毁与温馨的残缺。因此，弥漫于其作品中的反对战争、呼吁和平、思念亲人、怀想温柔的情感，再一次印证了他的平民意识和爱民情感，也映射出了他的阶级属性，或许这也是人们想从另一面争唱纳兰词的缘由之一。

诸多研究者说，苏轼以性情填词，辛弃疾以理想填词，纳兰性德以心、血、泪填词。我以为此言不虚。读纳兰词，几乎从不见技法，其实，正是"此时无技胜有技"，因为诗词最贵是真情，真情、实情、泣血情即是纳兰词的魂魄；纳兰词的另一特点是强烈的镜头感，无论写人、状物还是言情，都能内化于心、外化于情，那细微的环境，氤氲的氛围，令人沉浸其间，使你不能不与之同悲欢、共婉叹。

小说 《晚霞消失的时候》 出版前后

　　某天，居于旧金山的作家老友程宝林转来一篇文章《〈晚霞消失的时候〉与姬梦武》，说因文章中两次提到我，故转来给我看。

　　已是四十多年前的往事，想来犹如昨日，我不能不文海拾遗，补缀一些过往的记忆。

　　记得是 1980 年 8 月底，《十月》杂志社的编辑姬梦武先生来到我供职的中国青年出版社文学编辑室，说他们即将刊出一部十二万多字的中篇小说《晚霞消失的时候》，小说深刻大胆，颇有见地，如果我们可出版成书，他们愿意配合。

　　那正是文学的"春天"，每个文学中人都翘首以待，视有文采有创见的作品为待产的婴儿——不管是自己的或他人的，一概视若珍宝降世。

　　我于是将他带来的油印稿件很快读完，又很快拿给编辑室主任王维玲。他看得更快，我们当即研究决定，由我去作者礼平任职的青岛北海舰队面谈，并帮他请假回京改稿出书，此时时间已到了 9 月初。

　　第一次去青岛，那山，那海，那纯粹的德式建筑……怎能不让人流连！可我自知所负使命，走下火车，即询问、搭车往北海舰队去找作者礼平。

　　那些年，文学的复苏似乎已经点醒了每个人的文学心。当我找到礼平、谈话未久时，通讯员即秉命请我们去师部餐厅，我们走入餐厅，尽管时光尚早，但餐桌上已酒菜齐备。

师长举杯说：没想到，我们武人中竟出了一位文人，我们兵营里竟出了一部惊动首都的文学作品……

继而干杯祝贺！

第二天，礼平就陪我游海泳、谈作品、议修改，尽管游在9月的海水中温润爽人，可最迷人的还是《晚霞消失的时候》的创作动因和过程。

礼平，原名刘辉宣，原北京四中老高三的学生，"文革"初期，他带领一支红卫兵敲开一位原国民党高级将领的红漆大门，当他们揪斗那位将领，命他在廊下低头弯腰时，那老人尽管低下了头，腰板却一直挺直而立。

就在有人动手摁他的头时，刘辉宣突然发现红柱后面站着一位少女。

她虽然吓得紧缩双肩，面色苍白，却仍然掩不住那纯净的、如同一枝娇花被揉碎的美……

他意识到，这女孩是老将军的孙女或外孙女，不知为了什么，他于是命令终止批斗，撤出大门。

几年后，他参军来到北海舰队，这段回忆和当时情景却始终萦怀不去。

当"文革"结束，文明复苏，敏感又多思的他忆起这些时，更是寝食难安，心生疼痛，总想找出一些答案。他无力得出政治的、历史的、哲学的答案，只能读书、反思、编故事，对，他没写过小说，只能叫故事，也就是《晚霞消失的时候》的雏形。

请别误解，他心里早已有了一位魂牵梦萦的女孩，虽然此女非彼

回　望

女，但却往往一见到她就想到那国民党高级将领的外孙女，有时俩人甚至交叠出现。他心仪的女孩是他最要好同学的妹妹，其父的级别高过自己的父亲，但两家过从甚密，可称世交。

他从未中断过对她的追求，正上大学的女孩似仍在懵懂期，回应也总是若有若无。

那年春节前，好容易盼来了回京探亲假期，他憋足了勇气，准备用他的故事打动她。可假期很短，排来排去排在了除夕夜，他想这也好，借着过年的喜气，说不定更有气氛……

吃过晚饭，他去了女孩家，待他们全家吃过饭，他说他有个非常好听的故事要讲给他们，可刚开了头，女孩说，她家有两张内部电影票，说好要陪妈妈去看（那是个特殊年代，内部电影比什么都珍贵），说罢就歉意地收拾出门。

女孩哥哥大咧咧说：没关系，给我讲。

刘辉宣尴尬又沮丧，虽觉心已索然，还是得讲下去。

可讲着讲着，他忘了沮丧，自己竟也沉醉于自己的故事之中……

故事仍在讲着，女孩和母亲已看完电影回家，她们一进家门，她哥哥便说，你们真不该去看那电影，辉宣的故事比电影精彩！

女孩淡淡的似有所动，可辉宣突然想到他的年假已满，明天就要返回兵营。

他遗憾中顿生智慧：没关系，我给你信上讲。

之后，他自己都禁不住满意于自己的临时发挥、赢得了写情书的借口。

那些年有个特点：凡北京知青和从军官兵度假回来，都带回北京二锅头和一些花生米等北京小吃，其实就是难舍难离的家乡味道。辉宣也不例外，他遗憾又怀着希望地回到兵营时，也带了这些。

156

第一个晚上，他就摆好各样小吃，打开二锅头，说要给战友们讲故事。

开始，大家有一搭无一搭地边喝边听。没想到，故事竟层层递进，越来越击人心魄，正到入神处，兵营传来熄灯就寝的军号声。

战友们急了：怎么办？

接着讲！

首长知道了怎么办？

小点声不就行了。

于是接着讲。

大约已到深夜时，一个人突然低喊：停！

怎么了？

撒尿去。

我也去，我也去……

于是，乒乒乓乓一群人跑向厕所撒完尿坐定又喊：讲。

故事讲完，已经到了凌晨时分。

这场彻夜口述故事的效果更增强了他的信心，于是他开始了从口述到书写的"情书"式创作。

他将构思好的小说以书信形式一篇篇寄往正在上大学的心仪女孩的校园——天津大学，而且每寄出一封都焦渴地盼着她的回信，可是连连寄出，却连连如泥牛入海……

开始时，他焦虑，他不安，他沮丧，后来，随着创作激情的迸发，他几乎忘却了这一切，只是写完即寄、寄完即写，直到小说完稿、寄罄，仍是消息皆无，他陷入创作完成后的寂灭和深度失恋的痛苦中……

一年一度的暑假到了，就在一个海风吹拂的午后，那女孩走向了他，就像电影镜头。他几乎不敢相信自己的眼睛，但确实是她，她的仪态，她的微笑，她日渐成熟的美……

她说是来度暑假的。

为什么不回我的信？

我都读完了，把一切都带给你，不比回信更好吗……

她的确把一切都带给他了：她的情，她的爱，和他的处女作……

三天的交谈，海泳，我们成了无所不谈的好友。

于是回京，按我们商定的意见修改，定稿，出书，首印竟是二十万册！

此时已是1981年。

这年，读书界掀起一股《晚霞消失的时候》之风。但，有热风，也有冷风，不期然地，首都七家大报竟相继发出八篇批判文章！

不久，时任中宣部部长胡乔木的秘书打来电话，点名要责任编辑接听，这自然轮到了我。

电话询问之一：作者背景？

我答：其父14岁参加长征，现为解放军二炮后勤部部长，作者本人是北海舰队连级干部，其岳父是解放军总参三部政委。

之二：你们为什么要出版此书？

答：作者是一位敏感、热情、多思的年轻人，当年是一位红卫兵小将，做过一些过火的事，他在作品中敢于剖析、反思、忏悔，这是一部老红卫兵忏悔录，我们认为，出版此书，对于肃清"文革"和"四人帮"余毒很有好处。

之三：书出版后有何反响？

答：据我们所知，此书是这一年中，北京大学图书馆借阅率最高的一部！

那是个思想活跃的年代，也是学术相对自由的年代，既然文学往往反映人民的心声和时代心音，既然我们认定它是一部好书，面对褒贬迥异的评价，我们就该亮明我们的看法，于是，王维玲（此时，他已从文学编辑室主任升任为主管文学的副总编辑）和我商定，以《青年文学》编辑部的名义，召开一个《晚霞消失的时候》作品研讨会，主要与会者是北京大学中文系师生代表，北京社科院何新等青年学者，主管中国青年出版社的当时团中央书记陈昊苏等，会议由我主持。

会议开了整整一下午，发言热烈，对作品给予高度评价。不久，就在当期的《青年文学》上刊发了全部座谈纪要。

时过不久，《文艺报》领衔，连同我们一起又召开一次《晚霞消失的时候》作品研讨会，会议由时任《文艺报》主编唐因和我主持，著名文艺评论家、中国作协副主席、书记处书记冯牧出席，他的评价是：作者才华横溢，但思想有些混乱。在那样的年代，以他的身份和名望，他的评价足以标识出他的智慧和风格。

也是在那年，香港朋友传来消息，说在美华人学者夏志清先生去香港开会时，曾到处打听，去哪里能买到一部《晚霞消失的时候》？

他最终买到没有？就不得而知了。

回忆总是与温馨、辛酸相伴，文中所涉前辈已大多仙逝，礼平和我也已进入老境。自他为我饯行赴美后，我们再无联系，不知他今在哪里。

我说京味文化

——《新北京，新京味》序

    文化是灵魂的旋律，地域文化是此时此地山川河流、地域风情、社会气息、语言情态的交响。中华文化之源远丰盈、华夏大地之广袤旖旎举世可见，可时至今日，能以文学形式标示出独有地域色彩的"京味文化"尚须进一步彰显世界。我们得益于得天独厚的政治历史地位、天赐的人文景观和北京人独有的文化血脉，这其实并不是不可能完成的任务。

    集结于网时读书会的作家、学者、媒体人、艺术家等文化界人士联合竭诚为读书人服务的北京市东城区第二图书馆和北京城市建设研究发展促进会三家，正是秉持这样的坚定信念，在亘古少有的大疫之年又是建党一百周年的前夕，或奋笔疾书或全力支持，终于创作出版了这部以"新北京，新京味"为书名的散文随笔合集。文学，从来都以讴歌光明、鞭挞丑恶、书写真善美为使命，此时出版此书，自然有其独特的意义和丰彩。

    翻读此书，如同在北京的历史和现实间游走观瞻、赏析婉叹，那历史烟云未散的灵山、香山、景山，那肃然庄穆的天坛、地坛、孔庙、国子监，那皇家园林颐和园，那与王府寺庙血肉相连的什刹海、象来街，那纵横交错的胡同、市井、百年老店……它忽而引你追忆远去的华年，忽而唤起你乡愁难再的感念，忽而让你瞠目仰望千年北京的嬗变，忽而让你击掌欢呼新北京的呈现！每个人都有自己的北京。在书中，每个人都能找到自己的童年、少年和青年，每个人都能与自己的朋友、父辈和祖先相遇。

这并不奇怪，从蓟、燕到辽、金、元、明、清再到如今，每时每刻，北京都在历史的烟尘中嬗变，它总是将足以标榜自己气韵辉煌的宫殿园林、王府官衙、枢密学府装点得与其相映相契，随之，其街衢胡同及至勾栏瓦舍也都有大大小小的改观。如何改？如何变？自然以当世学者、文人、士大夫心目中的北京传统文化与审美为准，以不同时期工匠的工艺为手段，造就了一代代北京的建筑和林园。因此，从文化气韵到凝固的都市形象，北京从来都是由皇家气派、士大夫精神与独特的平民意识所构成，它既有高大辉煌的皇家气象和士大夫阶层的高雅含蓄、耿介坚韧，又有胡同四合院中幽默质朴、热腾腾的烟火气……我们所说的京味文化自然也就是这三元素升华后的形而上形态。因为独到，所以个性鲜明；因为丰博而有底蕴，所以世代写不完。

近四十年来，北京迎来从来没有的新，从单纯的政治文化中心，变为政治文化中心、世界交往中心、科技研发中心，等等，更变为主动联结世界的人类命运共同体的中心点。城市新，人们的视野、胸襟、思维、审美视角和观念语言也不断更新和丰富。集中在语言上，不但南腔北调汇集北京，英语、法语、西班牙语也不断介入，这不能不使北京语言在失去纯正中生出种种无奈，我们甚至不能不忧虑京味语言、京味文化的丧失，但我们在无奈和忧虑中，又会常常惊喜地发现在其传统中有了新的丰富，在其规范中注入了别样的新鲜。其实，语言总是要随着时代的变迁，在更新中丰富，在变换中更富表现力。

语言是表达文化的工具，文化之魂是传统、底蕴和气韵，只要气韵、灵质不竭，京味文化就会在更新中世代长存。不信？读读《新北京，新京味》，你自会了然。

史的认知　"真"的品味

——我读《毕竟东流去》

　　大凡识字者，人人皆阅读，包括短信、微信、报刊、图书，不管爱或不爱。就读书而言，大体可分浅读、精读、心读。"浅读"求快，用最短的时间获取自己需要的信息、快感和刺激；"精读"求知，咀嚼、思考、记笔记、长见识；"心读"寻知音、觅同道、滋情怀、明大道。近读由中国华侨出版社出版的朱小平新书《毕竟东流去》，我几乎经历了这三种阅读体验。

　　小平讷于言，故虽已相识七八年，但知之不多。最触动我的，是他间或发在微信朋友圈里的古体诗。微信朋友圈里的古体诗并不鲜见，但他的诗大不相同，几乎每作必诗心满满、诗韵薰薰，讲格律、严对仗、常用典。面对传统文化的快速流失，今人能写出这样古雅、讲究的古体诗，的确难得。我于是想，他必定家学渊源，自幼受熏陶。鉴于此，喜读他的文字，于是冒昧索求他的新作《毕竟东流去》，他谦逊地说："这是一本历史笔记，您也看？"

　　这果然是一部记录清末民初的历史笔记，虽各篇文字长短不一，像有感即发，但读罢全书，却几乎对这前后百余年的政治、经济、文化、外交、典章制度、宫廷礼仪、名人逸事、掌故风情……如同看专题片样地有了一个全景式的了解。细读之后，看得出，他无论对史、对事、对人，篇篇求真、求深，别有洞见。知者最忌无知者的妄言，何况他从青年时起就对清末民初历史"大有兴趣"，之后又结交了众多清室后人！当他读到不少史家从条条概念出发，对这段历史人物事件妄下潦草结论，尤其是看了一段时期连番播映的"戏说"清代影视剧后，便不能不以其学人的良心与责任，写出一篇篇纠谬复真的文章。

如在"怒海楼船"一章中，他引用正史、当事人或其后人的笔记、绝命诗词最大程度地还原历史原貌，并得出"北洋舰队未曾惨败黄海"的结论。论装备，北洋舰队与日本舰炮旗鼓相当；论兵将，主力战舰的管带多毕业于福州船政学堂，不少还有留洋经历；舰上水兵"须身家清白，身无废疾，耳目聪明，口齿清爽，文字清顺"且均须"觅具保人"，时人评价"北洋海军官兵训练有素，其驾船、布阵、操练，尤其枪炮命中率水平甚高"；论心理素质，大战前，舰队官兵皆"渴欲与敌决一快哉"，丁汝昌嘱其家人"吾身已许国"，邓世昌对部下说"设有不测，誓与日舰同沉"，刘步蟾语部下"苟丧舰，誓与日舰同沉"，"镇远号"大副杨用霖誓曰"战不必捷，然此海即余死所"。怒海硝烟中，临战前的将士们纷纷寄遗书于家："大丈夫以役于战场为幸，但恨尽忠不能尽孝尔……"然而，海浪激溅，弹飞舰沉，这一战还是在邓世昌"吾辈从军卫国，早置生死于度外……况吾辈虽死，而海军声威不致坠落"的声音中收场！败即败矣，然而，这些英雄将士的爱国心、守疆志却应永远响在国人心中，永远不应被时间洗淡！何况究其战败原因，绝不在舰队将士，而根本是以农耕文明为魂的封建王朝面对工业文明兴起的思维和炮舰的失败，这是历史的更替，也是历史的规律！作者就是怀此初衷，遍查史料，著文呼喊，纠正种种"戏说"以及有意或无意的歪曲、冷漠与冰冷的遗忘。

回 望

　　如果说北洋舰队官兵的英雄情怀是因历史的错综而遭到忽视，那么，那些不少以刘墉、和珅、纪晓岚为主人公的小说、评书和影视剧，则是为了一味追求娱乐效果，而进行了荒唐的篡改和歪曲。这个话题无须细论，小平只用几个细节就说得明明白白："刘墉比和珅长30岁，纪晓岚比和珅长26岁""清代官场等级森严，见面说话极讲分寸""刘墉、纪晓岚与和珅的枢相地位相差颇远，不可能以下犯上"……

　　作者之所以对这些几乎流布妇孺的清代名人的"戏说"痛感于心、不厌其详地论述、匡正，是因为他始终服膺龚自珍"欲知大道，必先知史"、章太炎"不读史，则无从爱其国家"的铭训。笔者也写历史剧，但从不敢与"戏说"为伍，因为历史剧的写作准则就是历史真实与艺术真实的契合并以历史真实为纲，最忌讳的就是为了所谓的"戏有看点"（其实是为了票房和收视率）而篡改历史、"戏说"历史。毕竟历史是先人们用智慧和血肉写就的，稍有不敬，就是不肖子孙、历史罪人，这也是《毕竟东流去》一书的价值所在。

　　看得出，小平做学问向来以史为根，以文学为树，无论写诗著文皆以庄重隽永为本，字里行间又不时尽显文采风流。如他笔下的清流派代表人物张佩纶：文笔好，谋略深，"风骨崚嶒"，才高招忌；但他人品正直，疾恶如仇，对任何事件皆有论点、论据、论证，且能因人而异，设身处地，"一疏上闻，四方传诵"。从1875年至1884年，张佩纶所上的127篇奏折中，有三分之一是直谏和弹劾，其中就包括军机大臣王文韶、工部尚书贺寿慈、吏部尚书万青藜、户部尚书董恂；他举荐过胡适之父胡传。可马江战败成了他命运的转折点，从一路凯旋变为被发配张家口的罪臣。即使在这样的潦倒时期，胡传不忘旧情，寄来的二百两白银，也被张佩纶与左宗棠、刘铭传等大臣的馈赠一起，一一作书退回，其"文人的清高，疆臣的风范，名节的向往，立言的理念"皆耀然而出！可他在日记中记录的与妻李菊藕（李鸿章小女）"小酌""赌棋读画""煮茗谈史"等情形，则又是一种文人雅士在闺房中闲逸雅致、与妻相契相求的风貌。从前，我不了解清末的清流派，误以为不过是些清闲相投的文人写诗作画的"文艺沙龙"，或是风格、流派相同的文人"朋友圈"，再看其中成员：邓承修、陈宝琛、黄体芳（黄宗英先祖）、张之洞，这才知道，他们不只是风雅闲人，而是一批在朝在野、亦朝亦野的政治文化精英，有时甚至起到朝廷智囊团的作用。小平不但写尽张佩纶的修养和风骨，也描绘出了清流派的历史形象。

举国之内，无人不称羡辛亥革命中的鉴湖女侠秋瑾，可名响一时的"清末三才女"的另两位却知者不多，她们一个是当时极享盛誉的书法家、诗人吴芝瑛，另一个是浙江石门宿儒杏伯老人之女、自号忏慧词人的徐自华。三人皆是慧心不凡、侠心相得的奇女子，因其相得相通、肝胆相照，这三人曾拜盟互换兰谱，结为三姐妹。吴曾赠秋对联"英雄尚毅力，志士多苦心"，秋亦赠吴诗回曰"芝兰气味心心印，金石襟怀默默谐"，之后，吴又资助秋赴日留学。秋瑾留学归来后，三人又自筹资金，在上海共办《中国女报》。秋瑾就义后，吴即着手著《秋女士传》，继而又写《记秋女侠遗事》，徐在其《鉴湖女侠秋君墓表》中记秋瑾"悲歌击节，拂剑起舞，气复壮甚"。秋瑾就义后，吴芝瑛、徐自华为了却秋瑾"若因起义事泄赴义即请自华埋其骨于岳坟侧"的遗愿，徐于1907年11月27日"于风雪中渡钱塘江来绍兴，昏夜秉烛入文种山，寻觅秋瑾停厝处，与吴芝瑛商定，将其遗骨加木椁昇至杭州"，吴、徐凑钱，终于将秋瑾葬于西湖西泠桥畔岳坟之侧。只此一点，三位才女的情与义，足以照亮当时幽暗中国的半个夜空。

在中国近代史上，林则徐是人人敬慕的民族英雄，但大多数人知道的只是他抗英禁烟的坚毅不屈、民族大义。小平写道，林则徐之所以有这样的决心、勇力，因为他是"近代开眼看世界第一人，向西方学习第一人"；他的爱国主义精神不仅体现在抗英禁烟之举上，贬戍新疆4年重新起用他考察西北大漠边陲时发出的"终为中国患者，其俄罗斯乎"的警言，后来也成了现实。他之所以悠悠爱国、生死不悔，是因为他始终以"苟利国家生死以，岂因福祸避趋之"为其立世做人的标准。说起陈宝箴、陈三立、陈寅恪三代人的学问与才情，学界无不折服，可小平却关注到陈宝箴眼见英法联军火烧圆明园几欲跳楼、陈三立拒绝日伪拉拢绝食五日而亡等鲜有人提及的史实，此外，如弘一大师李叔同、"革命和尚"苏曼殊、徽班进京大老板程长庚、湘绮老人王闿运、四大名医之一的萧龙友、一代代的"四公子"……小平都以扎实的史料，使其丰盈的形象一一跃然纸上。

《毕竟东流去》的副名为"清史笔记"，既称"笔记"，无论叙史述人，皆是以真为本，以思为轴，以诗为彩。为"求真"，作者以大量的史料为据，一遍遍考证；为"求准"，作者就不能不冷静客观地比较、思辨，以求用今天的历史观看百年前的人和事；为求美，作者的诗词掌故信手拈来，虽节制力简，仍是文采逼人。不能不说，读着它，是一种学问与韵致的享受。

文学的 "味道"

　　文学有味道，不是依嗅觉闻到的气味，不是靠味觉尝到的滋味，而是作品魂魄氤氲出直达人的感官、心灵、宇宙的味道。这种味道尤以中国古典诗词最浓、最深、最妙。如李白在《庐山谣寄卢侍御虚舟》中吟道：

　　　我本楚狂人，凤歌笑孔丘。手持绿玉杖，朝别黄鹤楼……
　　遥见仙人彩云里，手把芙蓉朝玉京。先期汗漫九垓上，愿接卢敖游太清。

　　这是李白因裹入永王李璘叛乱遇赦、应友人卢虚舟之邀登庐山时写下的咏怀诗，说他遥见彩云中的仙人，正手捧莲花拜见"三清"；他已和不可知之者约在九天之上相会，愿与好友卢虚舟共游。他已脱身尘世，悠游天上，其超拔、高蹈、满身仙气的味道，油然而出。
　　再看苏轼的《念奴娇·赤壁怀古》：

　　　大江东去，浪淘尽，千古风流人物。故垒西边，人道是，三国周郎赤壁。乱石穿空，惊涛拍岸，卷起千堆雪。江山如画，一时多少豪杰。……故国神游，多情应笑我，早生华发。人间如梦，一尊还酹江月。

回望

这是苏轼谪居黄州游赤壁时所作。词中所写长江、赤壁的壮丽景色，周瑜的英姿以及词句后面他萦怀于胸的赤壁之战的壮阔惨烈，其豪放悲壮的味道已横贯千年；那"人间如梦"的惆怅伤悼，更绵长隽久。

如果说苏词以豪放著称，那么，他为爱妾王朝云题写的楹联则婉约细腻、缠绵情伤，又是一种味道：

> 不合时宜，惟有朝云能识我。
> 独弹古调，每逢暮雨倍思卿。

大抵是友人聚会宴饮时，人们纷纷称慕苏轼的才情，说他肚子里装的都是学识、才情。此时，其爱妾王朝云却在一旁笑道："其实，他满肚子装的都是不合时宜……"可以想见当时人们各自不同的反应和表情，这种话自然只能出自最亲、最近、最相知的人之口。果然，因"不合时宜"，苏轼又被发配到边远的惠州。此时，只有王朝云陪伴他。不幸的是，时隔不久，王朝云竟病死惠州……苏轼回忆他们相濡以沫的一生，写下了这副楹联，其思恋，其怀想，其悲悼……真是五味杂陈。

小说的味道更丰富，环境、故事、人物、氛围都蕴含着多种味道。如《红楼梦》，就环境而言，荣国府的味道中就包含着富贵与温柔、权谋与角斗、温情与血腥、繁华与落寞……相较之下，宁国府的味道则更显沉滞与衰没、朽乱与淫邪。大观园中又是一种味道：青春与诗情、美慧与泪水、脂粉与香艳、死去活来的爱与温柔敦厚的杀……至于人物，王熙凤的"辣味"、林黛玉的"药味"、贾宝玉的"脂粉味"，从贾母、贾政直到府中大小老妪小厮，各有各的味道。而且味道鲜明，隽永难忘，凡读过此书的人，都能如数家珍，几乎能从他（她）们的性格味道说出他（她）们身上的体味。

　　不光古典名著如此，成功的现代小说也有同样的魅力。如由中国华侨出版社出版的胡玉琦与胡珊的长篇小说《此岸　彼岸》中的一个细节，其味道真是隽欠传神，催人泪下：天缘江的魏臻儒雅博学，深爱着他老师的女儿叶媛媛，可他已经成婚且正在仕途上升期，叶媛媛出于自尊与体谅，不得不远走美国。二十多年后，魏臻已荣任市长，他一心想做个廉洁亲民的好官，却始终忘不了当年的真爱，更不幸的是他贪婪的妻子竟背着他收受了别人的贿赂；叶媛媛在美国虽已嫁给一位著名画商，其夫尽管十分欣赏她满身的东方美，两人却无贴心的了解与真爱。为了忘却前尘往事，她虽时时幻化出自己从前的"男神"，却决心再不相见！不幸的是，她不久前从国内接来的慈母突然病死美国，且遗嘱是：魂归故里，落葬家乡。当叶媛媛抱着母亲的骨灰走出天缘江机场大门时，已经不顾隐私、闲话、身份等的魏臻一把握住媛媛的手，在他正想拥抱他的女神时，四个面无表情的人却拦住他说：魏臻同志，请随我们回去接受调查。媛媛刚刚触到他的手温，刚刚听到她遗忘久远的"媛媛"（因为到美国后她已改称英文名Amy）的呼叫，她的爱神却已被执法人带上汽车……此时，树梢上，"鹧鸪鸟似乎受了惊吓，凄厉地叫了一声'行不得也哥哥'，然后扑腾着翅膀向远处飞去。"Amy蓦然惊醒，口里喊着"行不得也哥哥，行不得也哥哥，行不得也哥哥……"跟在魏臻车后发疯般飞跑起来，此时，对面驶来一辆汽车，Amy不知躲闪地迎了过去……她被撞死了。二十多年的跨洋相思，一朝相见，却一死一人牢狱，这悲剧味道已经浓得催人泪下，更堪绝妙的是，此情此景引来的那鹧鸪鸟"行不得也哥哥——"的叫声，几乎如电影镜头般，让我们从特写、近景、中景、远景直看到缥缈高飞的鹧鸪的影……这鸟鸣，这翅影，更是久久不绝于耳的诗与声的味道。

此外，文学中散文最讲是意境，杂文特色是针砭，这又何尝不是味道？

我深以为《北京晚报》"知味"版的栏目独具匠心，诗意浓，天地宽，可以酿出文学、艺术、勾栏瓦舍、高山大河、宇宙人生各种味道的美酒，可以奏出各种令人神迷情醉的独奏、协奏和交响，祝"知味"舞出更美的旋律，绘出更美的天空！

旅加（拿大）笔记

一

去年冬末，随儿子定居于渥太华的二妹，熬不过病痛折磨，在远离故土的异乡离世，享年 77 岁。阔别 8 年多，终未最后告别，每念及此，都忍不住心生疼痛；随女儿定居多伦多的大妹也已年过 80，我不能再留遗憾，从欧洲回来后，决定再飞多伦多。女儿更想大姑，又怕我自己远游不便，遂陪我自旧金山登机北去。

飞机起飞已是下午，坐于座位后，我习惯性地系好安全带，闭目养神。大约三小时后，打开舷窗外望，已是薄暮时分，薄暮的天地间真是幻彩纷纭，魅影幢幢：忽而夕阳的娇红擢心，忽而冰雪的莹光生寒，忽而云雾鸿蒙，拽着人神飞阴阳两界……似乎又回到老家北京礼士胡同，父亲坐在餐桌前把酒谈笑，母亲又为我们添了新菜，大妹在院子里晾晒着刚洗好的衣服，二妹笑盈盈地领着孩子们推开院门……啊，从前，我们永久的居处，家境艰困又难忘的温馨，一时间，似乎阴阳界通，已经走入阴界的父母、二妹又回到我们身边……机身一个颠动，女儿看着我，叫了一声"爸"，我才收住神幻间的微笑，擦去不知何时流在腮边的泪，心里吟道：

回望

魂游鸿蒙间，身赴多伦多。

心寄故都院，亲人伴佛陀。

"加航真有些怪，飞了五个多小时，都快到多伦多了，竟没送一点儿吃的，我刚给大姑发了微信，说我饿……"

刚还未察觉，经女儿一说，也顿觉饥肠辘辘："是有些怪，我乘了几十年飞机，包括只飞一个多小时航程的，还没遇到过不送吃食的……忍忍吧，大姑肯定做了不少好吃的等着咱们。"

走出机场大厅时，外甥女丹丹已经等在门外。五年多不见，当年有些瘦弱的她已经饱满丰盈成熟为成人了。当我说出我的感觉时，丹丹笑了："大舅老把我们当孩子，我都到中年了……"

晶晶一把搂住她："什么中年，你永远是小妹妹！"

姐妹俩笑着，我们登上丹丹开过来的车。

大约四十几分钟后，我们进了家门。虽已夜幕低垂，从园子里的花树、雕塑，到室内的陈设氛围，还是感觉到一片静美宁馨。餐厅里，大妹揭开餐桌上的网罩，仍冒着热气的各样炒菜和红烧肉已摆满一桌。

"哇，这么多菜，还没吃，就闻到小时候的味道了！"晶晶喊着。

"你不是在飞机上就喊饿了吗！"

"知道你们爱吃红烧肉，我妈昨晚就做好了。"

"好吃，又吃出了小时候的味道。"女儿边吃边说。

大妹露出欣慰的笑。大妹的厨艺源自母亲的传承，晶晶自然能品出"小时候的味道"。

那是个特殊年代，我和妻远在内蒙古，大妹夫妇在沧州，父母为了让孩子们有个较好的生长环境，都把他们拢在北京，晶晶最大，也最得宠。大妹是想方设法尽可能让他们吃得最好，二妹是把晶晶当成"名片"，走哪儿带哪儿，回家还对家人夸耀。我回忆说："你四岁时的夏天，二姑带你去逛王府井和百货大楼，晚上回家夸耀说：'小晶晶穿着小裙子、小拖鞋走在王府井大街上，路人们都回过头来盯着她，夸她眼睛又大又亮，走路好看……'奶奶在一旁说：'哪有自己这么显摆自己家孩子的……'"

正说话间，孙逊（外甥、二妹之子）打来电话，问候之后说，因为他暑期有课（任教于渥太华卡尔顿大学），他将在周五接我们去渥太华他家住几天。我最担心的是他，因为二妹刚刚离世半年，而且是自己选择的安乐死……大妹跟我一样心情，接完电话后，她顺手打开手机，播放了二妹临终前一天跟她的电话录音，声音虽弱，却也谈笑风生，谈她的人生，谈他们夫妻的和谐，谈儿子儿媳的孝顺，谈在渥太华晚年生活的遂意……这是她安排好的离世前最后的电话，她不愿告诉我们她已做好的离世决定，我们也万万想不到她会如此决绝，也就听不出一点儿她告别人世的犹豫和哀伤，如今听着这阴阳两隔的话语，我们怎能不泪眼婆娑，特别是晶晶，已经哭得哽咽有声。

二

第二天上午，丹丹的朋友 Colin 开车到北约克区接我们浏览市容。这是我第二次见 Colin，他谦虚有礼，话语不密不疏，是生于加拿大的英裔第二代，可说是"多伦多通"。他安排有序，先参观市议会大厦，楼前，开阔的花园里绿草茵茵，花树繁密，而枫叶旗飘荡中突现出的古罗马风格议会大厦却显得古雅庄严。站在这里，不禁神思流转：纵观各国国旗，大多以宣示威严和治国理念为标志，唯独加拿大，却以自然界中颇具诗意的枫叶为国旗图案，这不能不意味着他们正宣示着崇尚自然、热爱和平的治国追求。可看看那大厦前最显眼处矗立的维多利亚女王和加拿大开国总理的雕像，从英国殖民地到宣布独立到英联邦的历史遗痕至今连缀不断，而且直到今天，它的最高行政权力仍属英国皇室，看得出，这个国家从政治到文化，仍处在尴尬与犹豫之中，人生总摆不脱犹豫和选择，从个人到国家。

我总以为，有水的地方就有灵性，无论城市或乡村。水源丰沛就灵性浩浩、诗情漫漫。多伦多的灵魂就在安大略湖，她怀抱号称世界五大湖泊之一的湖水，真是灵性无限，绿色无限。此湖的确是大，总体面积达 1.95 万平方千米，南抵美国纽约，东临伊利湖，西接汉密尔顿，北面一角就得天独厚由多伦多享用。站在湖畔放眼望去，无际无涯，形同大海，不同的是，没有狰狞险恶的波涛，没有吞噬万物的浪峰，闪亮的湖水滋润得这个庞大城市处处绿地片片森林……谁都不愿辜负这天赐的环境，湖畔的绿地上、林荫里，处处是孩子们的奔跑、居家野餐和忘情的拍照，我们也饱享了一刻美妙时光。

游罢市区，Colin 邀我们去他古酿酒厂区的家饮他现煮的咖啡。他煮的咖啡的确正宗，浓郁，醇厚，更妙的是坐在他朝阳的阳台上，迎着安大略湖的潋滟波光，其咖啡的韵味经久不散……顾名思义，古酿酒厂区显然是多伦多市最早的中心，街衢较窄，常有先前的石板路，不少如商店如展馆的橱窗中展览着从前的酒筒、酒窖、榨酒机……它们宣示着街衢的历史，那繁华拥挤的商铺、餐馆、咖啡厅更衍释出自古至今的流变。一处街心广场的舞台上，正在圆号、吉他、萨克斯的交替伴奏下演唱着节奏鲜明快捷的流行音乐，如织的各种肤色行人走到这里，大都经不住其音乐与氛围的诱惑，忘记了行路、购物，先跳一曲舞蹈再说！我于是想：广场舞的确有生命力，因为它是众人娱乐放情的方式，如今它已不止在中国，只是音乐和舞蹈的风格不同罢了。

从欢快舞蹈着的人群，我不由得将目光转向相亲相谐的丹丹和Colin，不禁用中文说："凭直觉，我喜欢Colin，他知性，细心，坦诚得甚至单纯……"

"……我明白大舅想说什么，"丹丹笑望着我："加拿大人有四个四分之一，就是：四分之一人结婚，四分之一人不婚，四分之一人同居而不婚不育，四分之一人要孩子。"

"……你们打算选择哪个四分之一？"

"边走边看，边走边选，您就别操心了……"丹丹看着我笑，我也看着她笑，我明白，这是孩子的私事，家长不应多管。

沿着古老的石板路前行，我们来到又一角安大略湖湖畔，看着那蓝色的波涛，望着那翠绿如云的树林，我不禁双臂舞动，丹丹问："大舅有诗吗？"

晶晶一旁凑趣："见景生情，我猜，已经有了。"

Colin不解她们在说什么，只能用英语和丹丹嘀咕，丹丹按了按他的手："大舅说给我们听听。"

我不能不轻声吟出：

　　　　风韵独具多伦多，安大略湖荡清波。

　　　　古雅衔香先锋美，咖啡代酒也婀娜。

回望

三

追寻人类的来处和归处，已成了人类的永久话题和使命，这也才有了后来"我是谁，我从哪里来，我到哪里去"的不停追问。

也是源于这种情结，当我在美国见到印第安人的肤色和面部结构时总不由产生一种亲切感，断定他们当然是黄种人、蒙古利亚人的后裔，可他们何时又是如何来到美洲、成为美洲的原住民的？这群最早的原住民当初来到这片辽远又荒蛮的土地时，是如何生存并一代代延续至今的？这引起我极大的好奇心，那天，当丹丹提出要带我去克劳福德湖保护区时，我问："这是个什么保护区？"

"……是个早期印第安人定居点，包括重建的易洛魁村庄和几条小路，村庄对面不远的克劳福德湖还保持着原址原貌……"丹丹介绍说。

太好了，去！这正好能了却我一探印第安人前世今生的心愿。这个属于安大略省哈尔顿市米尔顿坎贝尔维尔社区的保护区离多伦多并不远，丹丹开车一路飞奔，不到两小时就已到达。

我们从一条窄路沿坡上行，快进村时出现了一扇栅栏，它又高又大，是由一根根细高原木以麻绳编绑而成，可以想见，当年该是长长的沿村而围，以防御野兽和外族侵扰的，与中国北方早年农村用高粱秆编成的村寨、家院极为相似。走入村庄，空旷处放置了一块磨石。据史家考定，磨石南曾有个由十一所长房子组成的村庄。显然，那磨石是大家共用的，用以碾轧磨碎他们的主食玉米和豆类，这让我想起中国农村从前的石磨石碾。村内，是后来仿真重建的三座长屋。长屋外，间隔竖立着一个个高大结实的原木木桩，相当于今日建筑的柱石；长屋的四壁由厚实的带皮木板制成，它们高大坚固，约有两三层楼高。

先进入印第安人家居的长屋，它大约 25 米长，七八米宽，两三层楼高，可谓宽敞高大。泥土地上有几个用以取暖的火坑，每个火坑都正对屋顶通风口处，以便点火取暖时烟气冒出。室内最显眼的是一张张双层大床，还有各种生活工具、农具、炊具、柳编篮子、简陋的玩具、从商店买来的食物、动物皮，还有一艘桦树皮独木舟。史家考定，这是海龟氏族长屋中最小的一个，约有 50 人居住。

另一座长屋内展示着印第安人的艺术品：如陶器、雕刻、编织品、壁炉、毛皮衬里双层床、种植、狩猎、捕鱼工具，此外，还有他们独特的宗教信仰和祈祷仪式……在这里，一群小学生正在老师带领下，有坐有站地听讲解员讲解，他们聚精会神一脸好奇，不时举手提问。

长屋外有大堆的石头和硕大的黏土罐，石头是为攻击入侵者、保卫家乡而用，黏土罐是为防止纵火者灭火用。

出村庄过窄路，对面不远的树林深处就是克劳福德湖，我们绕湖而行，湖岸树木丛密，湖水丰沛宽大，不时有大小鱼虾游弋。

国际权威期刊《当代生物学》2022 年刊文称："通过基因组序列研究，美洲大陆的第一批人类来自中国，并且通过 DNA 溯源，还详细到了他们的具体发源地——中国云南的'蒙自人'。"美国《细胞杂志》也发文说："经过线粒体 DNA 样本研究，研究人员确立了两次人类冰河时期的大迁徙，在这两次迁徙中，来自中国北方沿海地区的早期人类沿着太平洋沿岸迁徙到了美洲。"而且时间确认到 2.6 万年前。

想象如电影镜头闪回般映过：2.6 万年前，还在茹毛饮血期的祖先，不管他们来自中国云南，还是中国北方沿海，那种艰难跋涉，那

回望

种忍饥号寒，跨过冰封雪筑的太平洋北岸，从亚洲来到美洲，不知会有多少人倒卧途中……不知多少代之后，他们终于发现了美洲新大陆，终于建立了那些"克劳福德湖"式的村庄，有了自己的"长屋"，有了还算安定温饱的生活方式，又敌不过大英帝国的坚船利炮，被毁了安身立命的原始家园，葬送了凝满血泪的生命，这就是他们的历史，让人泣泪如血的血泪史：

木桩树皮印第（安）村，黍豆渔猎充寒馐。
两万年前飘零远，今朝白骨无处寻。

旅欧笔记

一

那个下午，正是揭开仲夏序幕的日子，女儿陪我从旧金山直飞意大利。

怕我旅途寂寞，她调整好手机，为我戴上耳塞，让我听书。我说不想，只想体察环球飞行的感觉。女儿会意一笑，各自靠在自己座位上自行其便。很快空乘送来机上晚餐，餐毕，机舱暗下来，我于是调整好座位，闭目遐想。女儿也没睡，大约三小时后，悄静中她开启身旁舷窗，我们同时外望，同时被外面的奇景魅惑、震惊：娇娇的、天边一线抓人心魂的嫩红，线下，却是波涛平缓，一会儿滔滔滚滚，一会儿浮机而动……

"……我们正横渡大西洋……"我说。

"不是海洋，是云涛。"女儿纠正说。

细看，她说得对，嫩红如虹韵致好，云涛如海性更柔。怕影响别人，我们不得不割爱拉下窗板，继续闭目养神，可我却神不守舍，按不住的诗情搅动起来，自知古体诗难于装下这种感觉，于是荒疏了几十年的新诗在心里鼓荡：

回 望

披着旧金山的夕阳

    我们直奔罗马，

向西？向东？

    一时难以辨清，

只知道驭云驾风

    快意飞行。

机舱暗下来，

    舷窗外的景象目慑魂惊，

云涛，光影，

    编织出绚魅的锦缎霓虹。

我不知道

    此为夕阳西下，还是旭日东升？

机翼切天，机身疾行，

也曾几度倦怠晕迷，

可我神清智醒：

    此去只为追寻古老的西方文明，

    不去编织仲夏夜的梦。

借助机舱幽暗的灯光，写下了未必尽意的诗，困意袭来，在机身有节律的飞行中进入了梦乡。梦乱，意象也乱。

十二小时后，我们降落在德国法兰克福机场。德国，歌德、海涅、贝多芬的故乡，他们的诗韵旋音曾久久地浸润过我青春的心，博大，雄浑，辉煌，忧伤……织出过多少梦想和追寻。

随着众多旅人，我们走入法兰克福候机大厅，只见廊道悠长又潦草，久久前行，不见一丝豪华与装饰，心在沉落：难道这就是享誉世界的科学发明又底蕴丰厚的德国？终于来到海关入口，一位便装海关人员喊着：持外国护照者排左边，持欧盟护照者随我来！于是，一群人哗啦啦跟在他身后快步入关，此时，一位西装老者也举起护照随队前行。

海关人一眼认出：这位先生持的是英国护照，你们已经脱欧，请排入持外国护照者的队列。

老先生尴尬着迟疑着，还是排到我的身后。

心里蓦然升起海关人对老者"不敬"和"歧视"的反感，甚而联想到德国人的霸道与傲慢，转而驳倒我的狭隘与偏见：正常，这就是国际准则。英国既已脱欧，持英国护照进入欧盟国家当然是外国入境者；相反，凡持欧盟国家护照者进入任何一个欧盟国家都属"本国"公民，这就是欧盟的内容之一。

进入海关后，机场大厅里顿然显出一脉繁华，商品琳琅，人们抹去紧张慌乱和古板，在礼貌的笑容和轻微柔美的音乐声中，歌德、海涅、贝多芬的浪漫与宏大又呈现出她独特的魅力。

二

或许是受女儿影响，两个外孙女自幼酷爱绘画直至今天，情性志愿所致，大孙女 Amber 今年一举考中伯克利大学艺术史专业，这也是这次举家旅游度假的由来：一为庆祝，二为开阔她的美学天空，三

回 望

为浸润我们一家人的美学修养，特别是小孙女，她一样爱画，尤爱画东方的人物、山水，此来欧洲，岂不可以使她的题材东西相融？我们于是选中了意大利——这个西方文明的发祥地。

入夜，我和女儿走出机场大厅时，先我们一天到达的女婿和两位外孙女已经等在外面，我们登上女婿开过来的六座轿车，直奔他早已预订的郊外别墅。

女婿 Yon 是一位细心又富于艺术气质的人，为这次度假旅游，他已做了很长时间的攻略，第一站就选中了佛罗伦萨——这座号称"鲜花之城"又称"西方雅典"的所在。因为早在 15、16 世纪，它已是欧洲的艺术中心，是欧洲文艺复兴发祥地。诗人但丁、作家薄伽丘、画家达·芬奇、雕塑家米开朗琪罗等人的著名作品，都是在这里孕育完成并保存的，这个城市至今还有四十多个博物馆和美术馆，六十多所宫殿及教堂。

车行大约 40 分钟后，我们来到佛城居所。这是一座暗红色的古旧三层楼房，院落花园约三四亩，院内有碧水泳池、热水泡澡池，楼内有可做饭的厨房、冰箱等，环境十分惬意。毕竟长路飞行，第二天我们商定在家休息，女儿一家下泳池游泳，我因怕水冷（地处地中海包围的意大利，即使盛夏，最高气温也不过二十七二十八摄氏度），只在园中散步。

远望夕阳残照下的绿色山谷，近看花草簇拥的古旧红楼，虽不知别墅主人是何时何人，只能自楼至人，想象他的前世今生，故吟道：

> 花闲草绿簇红楼，红楼不语忆旧游。
> 几多缠绵繁华事，光阴骤逝一梦休。

玩味不远处的林壑、古堡、苍松，看着它们苍老又优雅的神态，突发奇想，如果能与古松对话，岂不就知道了这里的一切？也能知道它们年方几何，因又戏谑道：

林壑古堡游泳池，未知相识在何时？

我欲因之问松翁，老松笑向古墙石。

石翁捻须掐指算，须断指麻话语迟。

佛城高天朗声笑，老翁今方八百七（十）。

世事如梦，他想不到我也想不到，远在北京的我怎么会突然闯入这座古老的红楼！这的确有些唐突，但又何尝不是缘分！我暗想，我这短暂的住宿，说不定已架起难得的东、西方心灵对话的桥梁。

既是艺术之旅，又是为祝贺 Amber 考取伯克利大学艺术史专业而来，参观博物馆当然要以她为主角。没想到，这孩子早在去年期中考试时，就因在书中看到女艺术家阿尔泰米西娅·真蒂莱斯基和男艺术家卡拉瓦乔，以同一个圣经故事《朱迪斯斩杀赫罗弗尼斯》为题材，进行的艺术创作大相径庭而反复思索，之后，并以此为题材写了一篇论文。

大体意思是：17 世纪的意大利尚属男权社会，女性若得不到父亲或丈夫的认可，就没机会成为艺术家，正因男性统领艺术，作品中对女性气质的表现，往往被对女性知之甚少的男性艺术家随意涂抹。而男性艺术家心中的女性要么是一脸虔诚，要么是男性眼中的色情端庄，要么是肉欲诱惑的狐媚……真蒂莱斯基笔下的《朱迪斯斩杀赫罗弗尼斯》无论是光线、构图、人体比例，特别是人物表情，都是以女性对女性的了解和视角倾情创作，与卡拉瓦乔的创作大为不同！

她以为，这幅作品就是对她那个时代男性艺术家所描绘的女性气质风格化的挑战，而这种挑战又是通过女性艺术家笔下的女性题材展现的，因而具有不同凡响的历史意义。它的意义不仅在于对生活真实、艺术真实的客观呈现，还为争得女性创作权，并以女性视角观察世界表现世界开了先河。如今来到这两幅原创作品的故乡，Amber 便急不可耐地选择了至今仍藏有这两幅原作的乌菲齐美术馆。

走入这座建成于 1580 年的三层 U 型大厦，我们不能不为它古老的建筑艺术震撼。沿着曾经是佛罗伦萨共和国的司法大楼、如今藏画丰富的美术馆更令人目眩神迷。因为它满墙满壁悬挂的都是欧洲文艺复兴时期的珍品，计有一千七百多幅名家画作和三百多座名家雕塑，其中波提切利的《维纳斯的诞生》《春天》，达文西的《天使报喜》，米开朗琪罗的《圣家族》……更是绝版独家。

我们一家虽非专业人士，却各个是艺术爱好者，饱饮着这一杯杯艺术琼浆，真有些寸步难移。

Amber 虽更痴迷，为证实和丰富她的论文论点，却不能不走向真蒂莱斯基画的《朱迪斯斩杀赫罗弗尼斯》，然而找遍全馆，却只见真蒂莱斯基的原作，而不见卡拉瓦乔的同题画作。后来得知，因真蒂莱斯基的此画一画得名，便被乌菲齐美术馆收藏，名气更大的卡拉瓦乔的同名画便不知收藏在哪里？

她站在这幅画前，久久地欣赏，踱步，微笑，我随着她的脚步，听着她的阐述，虽未见到卡拉瓦乔的画作。意象中却如两相对照一样印证了她论文中的论点：卡拉瓦乔笔下的朱迪斯虽然在杀赫罗弗尼斯，其造型却仍然是一幅端庄的神情、柔弱的姿态；真蒂莱斯基的画作则是"朱迪斯毫不留情的平静直接衬托出赫罗弗尼斯睁大眼睛的震惊与恐惧"，画面上"通过女性身体的强大力量和赫罗弗尼斯内心的挣扎，朱迪斯的复仇心理和残酷性得到了极大强化。赫罗弗尼斯瞪着一双恐惧的眼睛，鲜血已从脖子上喷涌而出……"

Amber 高兴得非同常人，一是因为她终于欣赏到了朝思暮想的真蒂莱斯基的原作，二是原作更强劲地印证了她的论点。

与姐姐形影不离的小孙女也是一脸满足，我知道，性格沉静内向的她不愿多说什么，可她的笑容和表情已经告诉我她的收获与欣喜。我们何尝不高兴？既为她们的用功、见解和收获，更为沾了她饱享艺术盛宴的光，于是全家选择了一家餐馆进餐。

吃的是什么已经记不清楚，大抵都是比萨和意大利面，倒是收银台上收银青年的东方面孔让我十分兴奋。因地处博物馆参观游览区，食客云集，不便打扰，直到餐后结账间隙才好插问一句。他果然是中国人，而且来自北京，是来留学学美术的，能来此名城名校学习美术，我从心底为他庆幸！本想多聊几句，又怕影响他暑期打工，只好匆匆作别。

来到佛罗伦萨，那座建于 15 世纪、曾是美第奇王朝的王室住宅和帕拉蒂娜画廊、如今称现代艺术馆的碧提宫自然不能错过，因为欣赏过这座古典建筑的内外，才知道巴洛克风格建筑和装饰的风貌及其欧洲建筑的古典美，何况馆内还在银器馆、瓷器馆、马车馆、服装馆、现代美术馆、波波利花园分别展出着几世纪来忠贞不移的原始风貌。

正是夏季旅游季节，享誉世界的地中海式气候和欧洲文明发祥地的意大利自然成了各种肤色游客的密集地。谁人不知"读万卷书，行万里路"的乐趣？旅游，自然要寻名胜，访古迹，赏艺术，我们常常看到骄阳下，在佛罗伦萨古老石块铺成的窄街上到处是排成长队等待进入博物馆的人群。其中队列最长的还属佛罗伦萨美术学院的楼前，因为那里坐落着米开朗琪罗于 1501—1504 年创作的《大卫》雕像和米氏一些其他作品以及一系列文艺复兴时期的艺术绘画。

回望

　　还是几个月前，女婿已在美国订好了参观入场券，我们只在骄阳下晒了十几分钟就顺利入场。依此复制的大卫雕像我们不知看过多少，如今站在大师原作前，不能不升出从来没有的神圣感，看着他的比例、造型、身体各部位的肌腱、纹路，特别是神情仪态，我甚至不由推想起大卫和米开朗琪罗的前世今生，推想起米开朗琪罗创作这个作品时的构思、手法和美学诉求……他不会想到他的作品会流传千古，不会想到后人的如此膜拜，大约只有神情专注，刻意求精，将自己的心装入每一刀，将自己的血输入每一纹路才能出此精品……人们在拍照，从各个不同角度，女儿拉了一下我的胳膊，我才意识到别挡了别人的视线。

三

　　按照 Yon 定下的日程安排，我们在佛罗伦萨度过 6 天的艺术之旅后，于 6 月 24 日早 10 点举家自驾开上了南去的高速路。自驾游的确适合家庭，轻松，随意，尽情尽意……

　　车行三个多小时后，我们来到奥维多小城。地处南欧的意大利三面临（地中）海，其狭长的内陆矮山连绵，无论大城小镇大多绿树葱茏、依山而建，奥维多尤然，它的上下走向足有五六层楼之高！想不到的是，这座小城也挤满来自世界各地的游客，最显眼的是那座矗立全市中心的大教堂，它庄重瑰丽，金光灿灿，巴洛克和文艺复兴晚期的建筑风格巍然高耸，周围街巷大多斜插斜建，旧石铺路，巨石建筑，三四层的楼房压向窄长弯曲的街道，这几乎是意大利城市建筑的特色。推想，这也许是因为它们多山少地、地域狭长所致？

我们自驾车绕来绕去，无处停车成了难题。见我们作难，一位六十岁开外的长者对 Yon 连连招手。他热情地用意大利语说他可以领我们去停车场，不懂意语的 Yon 有些发蒙，坐于副驾驶座的 Amber 却听懂了他的意思，于是我们跟在他身后徐徐前行。

可转瞬不见了此人，这不由令人困顿，Yon 只好刹车四顾，正迷茫间，他不知从哪里骑来一部轻便摩托车，招手我们跟进。于是七拐八弯地下行，大约下行四五层楼高处，才找到一处停车场。老人十分耐心，他意识到我们停车后要就餐。待停好车，他又带我们辗转登高，找到一家餐馆。我们感激又疑惑：他为什么如此热情？为餐馆拉客？为赚小费？于是，Yon 请他一起就座，他连连谢绝，Yon 拿出欧元，他更决绝摇手。

他意会到 Amber 懂意语，于是走向她说：……与他相守 52 年的太太刚刚去世，儿子在纽约，他受不了一人在家的孤独，所以来这里为游客服务……

Amber 将他的话转述给我们，我奇怪这孩子何时学的意语，女儿一笑，从包里拿出一册简易意英辞典。我不能不欣慰地拍了拍 Amber 的肩。

Yon 将斟满酒的酒杯捧给为我们引路的老人，他微笑着决然推回。女儿和两位外孙女拥抱了他，他微笑又凄然地告别。唉，人世间，苦与乐、悲与喜，无处不在，但愿彼此多些相助，多些互慰互勉。

四

车行两个多小时，我们来到距那不勒斯和庞贝古城皆约 40

分钟车程的 Lauro(拉奥)小镇，入住 Yon 在美国时早已预订的 SanFeliceSanFelice 公爵府邸。

这是一座建于 15 世纪、繁华于 19 世纪的三层石质楼房。院内古木参天花香阵阵，是一座庞大的花园，楼内几十间房中完好如初。一楼大厅陈列有大幅油画、古老的橱柜、瓷器，一个大瓷瓶上还烧有身着中国古代官员长衫、头戴乌纱官帽的画像，旁边立一中国古老的花轿。这是他们早年收藏还是掳于中国？无从考察。但可推断，不知他们祖上的哪代公爵一定是位高权显甚至是到过中国、钟情东方艺术的一位。

拾级而上，我们一家成了整楼二层的临时主人，这里的大小客厅、书房、藏书室、敬神厅、卧室、厨房、餐厅、宽大的露台……一切家具、陈设、文物、古董、特别是他们历代祖先的画像、照片、家谱处处陈列雅致，一如当年，那格局那气韵不能不令租住者心生敬畏，不敢乱动。

公爵的第七代世孙（女）已先我们从罗马赶来，她以优雅的礼貌引我们从一楼到三楼。介绍完一切后，女儿按合同交她 1000 欧元订金。她微微一笑，将眼睛转向身边一位年长男士，男士接过钱后，他们转身离去。女儿立即意识到：这就是贵族身份，不直接跟钱打交道，这种事只能由管家去管。

这就是生命的悖论，生之为人，谁不想清高，飘逸，不做金钱奴隶？可没钱没物，生命又如何维持？贵族也离不开钱，否则，这么堂皇的祖传官邸何必租给远来的住客？这又是一个摆在人类面前、谁也不可跨越的命题：精神、物质、修为、欲望相生相悖的话题，人生起落，感慨良多，因感而诗：

公爵府邸旧辉煌，繁华不再贵未央。

六百年间风兼雨，朱颜老去吟时光。

五

哪管地域辽远，信息不通，彼此几乎不知对方的存在，人类文明的互通互鉴却是一个不争的历史事实。

君不见，早在公元前6—4世纪，当战国时期的东方圣哲老子、孔子、墨子、孟子、庄子、孙子、鬼谷子各自探索自己的哲理时，古希腊的哲学大师苏格拉底、柏拉图、亚里士多德们也正在自己的哲学园地里辛勤耕耘。只不过东方哲圣们较为务实，热心于探讨修身、修人、修国的学问；西方大师们却偏于形而上的人神对话和人与物的关系，神往于未知的宇宙星空。但不管如何道途不同，他们都为人类文明铺下了早期砖石；所遇灾难也是，早就知道中国新疆曾有过一座建于公元前3世纪、全城10多万平方米、居住1.4万余人的楼兰古城（古国），至今也没探明它突然从地球上消逝的准确时间和原因。

无独有偶，位于意大利的庞贝古城与楼兰跨时久远、山海相隔，却招致类似的命运，一探它的如今面貌是此来意大利的重要目的之一，岂能不前往观瞻？

尽管废城一片，因为世界各地的游客如织，并不显得荒凉。相反，骄阳下列入各种肤色的人中，只觉拥乱炎热。最显眼的是错落边角的葡萄园、橘园、柠檬园和色彩强烈花朵硕大红得凄艳的三角梅，

回 望

它们引得我突发奇想：是不是火山灰的土壤有种奇特的热度和肥沃？是不是城下的冤魂在向来者号啕倾诉，否则，为什么它们有那种撼动人心的奇艳和色彩的呐喊。

我们踏着世纪前的石子路、沿着这条曾经建有 7 座城门、14 座塔楼、全城"米"字形的废墟倾情凭吊……后察资料得知，庞贝原是公元前 8 世纪时，由一座小渔村建成、仅次于罗马的意大利第二大城市，当时就建有太阳神庙、斗兽场、大剧院、蒸汽浴室、众多商铺和娼馆妓院……

太阳神庙里还特别虔诚地供奉着众神之王朱庇特和太阳神阿波罗。那时，人们尚不知此地就是远古时期维苏威火山喷发后变硬的熔岩。

公元初，一位著名地理学家斯特拉波根据维苏威火山的地形地貌特征断定它是一座死火山。于是，人们在火山两侧种植了大片庄稼、柠檬林、橘林、葡萄园……未料，公元 62 年 2 月 8 日，一场强烈地震袭击了全城，不少建筑毁于一旦。

可庞贝人坚信地理学家的论断并未警觉，重建时以更大的辉煌奢华呈现于世，墙上并涂有"赚钱即欢乐"的字样，纵情享乐之风有增无减。没想到，17 年后的公元 79 年 10 月 24 日，一场维苏威火山的更大爆发、以厚约 5.6 米的火山灰湮灭了这座曾经辉煌又纵情的城市。

我们开车回家，车上阒寂无声，不用问，每个人都伤悼着两千年前的众生，我则尤然，不能不以诗寄怀：

> 两千年前庞贝城，奢华瑰丽沐熏风。
>
> 葡萄园里蜂蝶舞，地海夜夜送涛声。

190

宗庙堂前拜双神，斗兽场中逞英雄。

温泉池里氤氲美，娼楼妓馆荡娇情……

轰隆一夜燃天火，火浆岩波盖庞城。

不闻号啕与喘息，焦石炙土掩生灵。

两千年间如一梦，世人从未忘悲城。

悲且叹兮长歌哭，瞬息死生一命中。

诗不尽意，不由想到科学——这人类智慧的结晶，它有时是拯救人类的天使，有时如吞噬人类的魔鬼。要是两千多年前那位地理学家斯特拉波没弄错或者不那么斩钉截铁地确认维苏威火山为死火山，也许世界上就从不会出现那座古城如今的悲城，也就不会葬送那么多城内冤魂……

悲剧再再叮嘱科学家们：第一，千万要敬业于精，莫出分毫差错；第二，千万别说假话，哪管是面对强权或五花八门的诱惑！否则，就可能招来天塌地陷的灾难！由此又不能不想到楼兰古城，虽然城毁一旦缘由不同，却又大体都发生于两千年前左右，这或许也是历史的宿命？

六

一周租赁公爵府的契约已满，第二天（7月1日）上午10点我们将如约离开此地。昨晚，我们一家习惯性地清理完各处房间和露台后，又各自收拾自己的衣物旅行箱，上床时已深夜11点多。

凌晨时分，外面突然风雨大作、电闪雷鸣，Yon作为全家的灵魂不能不爬起身来关窗关门、各处巡视。走至一府邸转角处，蓝光闪电中，突然撞见一人，两人不由不各自惊悸、下意识地后退几步，待彼此认出时，他们的双手竟握在一起。管家夸奖我们洁勉守约，Yon夸他辛苦敬业。

7月1日上午10点整，我们告别公爵府，淅沥烟雨中驱车直奔罗马。

毕竟大名鼎鼎、古城兼首都，通向罗马的高速公路越展越宽，快入城时竟是三线并行（或许因意大利狭长多山，公路大多单线上下，至多双线并行）。一阵黑云袭来，细雨变骤雨。骤雨中，我们开入矗立了三千多年的古都罗马，那环城流淌的河流，那武士般沿河而立的苍郁古树，那披着悠远历史的古堡、雕像，那古老堂皇的梵蒂冈城……一时间，心里涌满一种承受不下的感觉。

令人满意的是，在罗马Yon早已预订了一处距梵蒂冈不远的公寓。我们安排好各自房间后，雨住了，西坠的残阳斜照着梵蒂冈最高的钟楼。稍许，钟楼敲出一声声悠悠晚钟。

我坐在露台上，一时不知是真是梦。梦魇般的，我不禁喃喃：

初至罗马风兼雨，梵宫阵阵送晚钟。

东都西都十万里，帝都一脉唱古风。

此时此景，我不能不想到故都北京，不能不想起我熟悉的日夕思念的鼓楼钟声。正是月圆时节，不知过了多久，夕阳退去，圆月东升，望月生感，不能不诗：

罗马望明月，梵宫仰星空。

天界何其有，尽唱月圆情。

来到罗马，谁也摆脱不了壮丽堂皇、那座喷薄着历史、宗教与艺术魅力、文艺复兴与巴洛克风格完美融合的梵蒂冈城（梵蒂冈国）的吸引。梵蒂冈，这个拉丁语系中意为"先知之地"的所在源远流长。

早在公元 4 世纪，为纪念耶稣门徒圣彼得的殉难处，当时的教皇康斯坦丁就在这里建立了最初的康斯坦丁大教堂，15、16 世纪，又将此教堂改建为如今的圣彼得大教堂。公元 756 年，慷慨的法兰克王丕平竟将罗马城及其周围全部赠送给教皇。教皇欲口大开，很快将意大利中部扩张为以教皇为中心的教皇国！ 1870 年，随着意大利统一事业的推进，教皇被重新逼退于罗马西北角的梵蒂冈宫中。1929 年，意大利政府与教皇以签订《拉特兰公约》形式，承认罗马城西北角、这块位于罗马与梨花城之间、包括圣彼得大教堂在内、周围 0.44 千米的地域为独立自主的梵蒂冈国。此后，梵蒂冈国便以政教合一方式、在教宗统领下，自行行政，自行建国。

现今，这个世界最小的天主教王国共有国务行政 16 个部和秘书长、副秘书长，110 名瑞士近卫队，130 名梵蒂冈宪兵，与世界 183 国建有外交关系，全国共 618 人，有自己的银行、邮局、电信，在不少国家设有大学和神学院。

盛夏时节，蓝天一碧，哪管是地中海式气候的罗马，临近中午，也骄阳如炽。为早些一睹梵蒂冈的辉煌，两位外孙女已健步前行，赶往前面排队去了，Yon 不放心她们，也在后面紧赶。

梵蒂冈城"高高在上"，要入城必须一路上行如爬山，这对已入老境的我的确几乎举步维艰。好在女儿走在身边，时不时扶扶胳膊，或提醒我歇歇。来到大门入口处时已经两腿酸软、气喘吁吁。

Yon 打来电话，说原以为在美国就已预先订票不必排队，哪知预先订票者也已成千上万！他正排队再次交钱以求优先。"看来，在教皇身边，也是钱能通神啊……"我有些不敬地调侃着。

女儿会意一笑，指指对面咖啡馆说："钱能通神，钱还能解累呢，我们去那里喝杯咖啡，等他们交完附加费就来找我们。"

我们坐在咖啡馆外凉棚下一个十分惬意的位置，忽见不时有肩上搭满花花绿绿丝巾和帽子的人走来走去，我不解地望向他们。

"梵蒂冈严格规定：凡进城女人不能露肩，也不能裸露膝盖以上的腿，男人不能露头顶。这些走动的人都是小贩，他们为不知规定的游客解了困，自己也有了一份生计。"女儿解释着我的不解。

难怪她今天穿了长裤、T恤，出门时嘱咐我戴上草帽。

因为自幼受无神论教育，宗教文化十分匮乏，却不知梵蒂冈女人也要遵从类似的教规。

后来查书得知，更严格的是，凡梵蒂冈男人从教皇到信众一律不准娶妻，女人不准嫁夫。所以直至今天，梵蒂冈国女人仅仅只有三十几人，且全数是修女和神职人员！

遍布世界各国上亿上几十亿的信众则又宽泛得多，他们中的男女皆可结婚生子，不知这是后来的改革还是权宜之计？否则，这个宗教如何繁衍延续？

Yon 领着两个孩子赶来，他们已经满身大汗，我们跨过马路，越过骄阳下拐来拐去长龙一样等待入场的各种肤色的游客，排到预先预约又再交钱的队伍后面。

终于走入皇宫。这里规定，要自上而下观瞻，于是先上顶层。可此地尊卑严苛、上下有序，因为教皇的尊贵，虽有电梯滚梯，来者一律要沿楼梯拾级而上，不得乘电梯。

这里楼高，上到顶层，早已气喘不迭，透过漆花玻璃窗外望，宽远院落里，时有荷枪武士巡逻，这自然是瑞士近卫队了；款步宫中，又有两三着古老卫士服者隐身暗处，不用说，这自然是梵蒂冈宪兵在值勤。

教宗宫自然是禁足之地，皇家圣地，岂容平民乱跑？我们只能在西斯廷教堂和梵蒂冈博物馆内观瞻浏览，尽管如此，那文艺复兴时期的建筑、雕塑、绘画，那西斯廷教堂中的壁画和米开朗琪罗创作于16世纪的天花板上的绘画……就是几天几夜也欣赏不完。

我们不是专业人士，我们只是大外孙女 Amber 的拉拉队。只见这孩子边看边记，面颊粉红……为她在古老西方艺术宫的熏陶，为她暑期游的收获。心想，此行必定为她学习世界艺术史开了个先行窗口。至于我们，也在西方古老文明的大海中受了一次洗礼。

旅游总少不了购物环节，离开罗马的前一天，我们一家去了梵蒂冈西面的商业区。众人皆知，意大利向以西装、皮鞋的款式质量享誉世界，可如今时尚已大抵不再对此青睐，即使讲究绅士气的意大利也穿者稀少，走遍意大利，也只见到两位坐在咖啡厅的老者还是笔挺的西装、讲究的领带、锃亮的皮鞋装束，大概也是不愿放下身段的怀旧？

我感慨，如今的风气不知会给意大利的经济造成多少损失，会使多少人失业。我和 Yon 正在浏览市容，观看商情，女儿跑来拉我去了一家不大的箱包商店，说这家老板是一位精通五国语言的心理学家。

"……你怎么知道？"

"……他跟我说了几句话就用纯正的英语描绘我的性格，而且说得非常准确，我奇怪地望着他，他说他原本是一位心理学家，我想你会愿意跟他认识。"

我们加快脚步走入这家小店。因为有女儿的介绍，我们握过手后攀谈起来：原来他祖上就是做箱包并且开箱包店的，年轻时他也会做。后来读了大学，醉心心理学并取得博士学位，很自然地成了研究学者。

可由于这两千五百多天的新冠疫情，他失业了，他家的 10 家商店也已卖得仅剩这一家。因为他有四个孩子，最大的 21 岁，最小的 12 岁，要供三个孩子上大学，真不知以后的日子怎么过。

我只能以拥抱安慰他，女儿却以买包鼓励他。因为成了相识相知，他十分诚恳地要为女儿买的包打折，女儿却决然谢绝说："我能做的，也就这些。"说着女儿竟流下眼泪，他也以发红的眼睛直送我们到门外。

从佛罗伦萨到罗马，看着满街满巷的各国游客，看着餐馆、咖啡厅、旅游点直至出租车的排队，我曾以为意大利的经济一派繁荣，没想到，谁也逃不脱天降的灾难：

　　　大宇灾祸天有道，人间悲喜亦匆匆。
　　　且行且止看世界，几番风雨几番晴。

天道难解，天灾难避，就这样且欣且喜、且赏且叹地，我们离开了欧洲。

人与魂

报界名宿默然归

——悼老友胡思升

　　北京时间 2020 年 11 月 27 日上午 10 时 51 分，好友发来一篇转帖："我的叔叔胡思升于今晚 8 时 20 分离开了我们……昨天，我在医院见了他最后一面……今晚，我们几个家人聚在一起庆祝感恩节，8 时 20 分左右，石村打碎了酒杯，我去收拾的时候，又打碎了一个盘子。当时，我们觉得好奇怪，也许那是叔叔在用他的方式向我们告别……"这显然是胡思升的侄女发的帖。她说的"今晚 8 时 20 分"是纽约时间，北京时间是 27 日早 8 时 20 分，就是说，当我看到这个转帖时，他刚刚离开人世两个半小时，而且选在美国感恩节的夜晚。

　　我不禁悲咽无声……心想，他总是不同于常人，无论是走入，还是离开这个世界。

　　算来，我们相识相交已经整整 60 年。那时，我刚跨入人民日报社的大门，他则正任人民日报驻匈牙利记者，当时，两大阵营雄峙东、西两个世界，"匈牙利事件"点燃了全球媒体，《人民日报》上几乎天天有"本报记者胡思升布达佩斯报道"。那是个批判、消解个人名利主义的时代，几乎大多数新闻报道都不署名，唯独他是个例外，于是声名大振，首都新闻界几乎无人不知他是个少年得志者。此言不虚，1949 年，胡思升于华东新闻学院毕业后进入人民日报社，次年

回望

十八岁他被派驻苏联，"匈牙利事件"爆发后乘坐苏军坦克入布达佩斯采访及长驻，事件平息后又派驻波兰多年，归国后，他在人民日报国际部任编辑，不少国际问题的观察和述评出自他手。

那时，人民日报社还设在王府井大街，我上夜班，宿舍就在离报社不远的校尉营胡同内一个有两层小楼的院子里。20世纪60年代初的一个夏天某日，我中午起床开门（因上夜班，作息时间天天如此），正要去洗漱间，却见一男子正赤膊短裤，在院中两手扶地做着俯卧撑，他连做几十个后，又开始跳绳，我惊呆了——为他的运动量，也为他的丰神潇洒、健康颀长、满身肌肉。后来得知，他就是胡思升。他长我七岁，我还是个未脱青涩初入世事的懵懂青年，他则已是走遍大半个欧洲、国际知名的中国记者，或许因为性情、兴趣一致，又住在同一院中，他不计资历和地位，不多久，我们就成了相投相得的朋友。那虽是个"三年困难"阴影未除人人吃不饱又"运动"频仍的年代，可由于燃烧的青春，我们始终话题不断，谈文学、谈人生、谈爱情……特别是夏季，我们往往下了夜班，骑车直奔什刹海，趁夜深人静，游泳尽兴后再回宿舍睡觉。到了周末，又常常骑车到颐和园，在昆明湖中畅游。也不净是玩和谈，我们还同做文学梦。那是个话剧火热的年代，一次，一位煤矿文工团话剧团的老演员通过朋友找到我，约我改编红极一时的长篇小说《红岩》为话剧，我对话剧从来情有独钟，于是，掩不住兴奋地向他说了此事，他更兴奋，立即鼓励我答应这一约定；没过多久，他也告诉我说，中国儿童艺术剧院要约他写一部国际题材的儿童剧，我马上说，你在国外多年，这不正是你的长项？写！我们不再贪玩，上班之余，除了必要的运动，就是写。记得一个秋雨绵绵的下午，我被一场戏的结构卡住，于是，走出门来，站在屋檐下，试图用淅沥雨声激活混乱的思绪……他似从楼上窗子看到我，也急匆匆跑下楼来站在我的檐下听雨。静默未久，我们互道难题、互出主意，之后，又各自回房握笔。写作持续了好几个月，不过因为种种原因，最终双双落败……那时不兴签合同、付定金，写作只为圆梦，话剧梦未圆，遗憾一阵，也就再写别的题材了。

时间到了1966年初，"文革"风雨压顶而来，一道指令下放我去内蒙古杭锦后旗。从《人民日报》到内蒙古一个旗县，在我和我父母看来，这无异于发配，但"运动"锣鼓越敲越响，校园里已不分昼夜地传出疯狂"打倒……"的口号声，我不能不遵命赶往指定地。6月3日上午，北京站阴雨绵绵，我同恋恋送我远行的父母、小妹告别，刚登上火车踏板，就见思升兄匆匆赶来。他说报社运动已经开始，礼堂、楼道已贴满大字报，其中一张就有批判我俩为臭味相投、同为资产阶级知识分子的文章。走吧，去内蒙古说不定是好事，他安慰着我。此时，列车已经启动，他跟着车跑了几步，急急递给我一张纸条说："上车再看，这就是我要说的话……"车速快起来，我急忙举起手向越来越远的父母、小妹和思升挥别，待回到车厢打开纸条细看，是他抄录的王勃《送杜少府之任蜀川》诗：

> 城阙辅三秦，风烟望五津。
> 与君离别意，同是宦游人。
> 海内存知己，天涯若比邻。
> 无为在歧路，儿女共沾巾。

诗后的署名是"大哥"。看着这首情深意长的五律，想着他刚才的神情话语，我不禁眼眶润湿、喉头堵噎……我在内蒙古一待九年多，从剧团编剧到《巴彦淖尔报》编副刊，我们通信不断，每年回京省亲，更有"相见时难别亦难"之感。

辗转十三年后，我重回北京，入中国青年出版社任文学编辑和编辑室主任，他已成人民日报国际部国际问题观察和评论的主笔。当时真是文学的春天，人们激情澎湃、思维活跃，文学创作流派纷呈、千帆竞发。或许因为多年的记者生涯，加之天性敏慧、长于理性分析，思升认为报告文学将会比其他文学样式更直接、更快捷、更有力地反映社会现实，于是，他在坚守本职工作之余，与朋友合作，先后参与创办了《报告文学》和《台港与海外文摘》两大刊物。他还身体力行，写了大量文情并茂、震动一时、遍及政界、学界特别是文艺界的报告文学……有人是成名后立即进入他的笔端，有人是以他的妙笔篡然呈现于公众面前。有人说他之所以能那么快捷准确地采写名人并且形成社会效应，是因为他扛着《人民日报》的金字招牌，和他倜傥的风度与出众的口才，这自然不能不算一个有利条件，但我以为，他开阔的眼界、胸襟和学养，多年记者生涯练就的敏慧和执着，采访前对采写对象的充分研究和背景材料的掌握，这才是他优于别人的魅力和优势。他勤奋耕耘，笔耕不辍，从70年代末到80年代，就陆续创作出版了《走向外部世界》《无悔的追求》《伟人·名士·丑类》《谜中谜，人中人》《修氏理论和它的女主人》《人海沉浮录》等著作。

岁月匆匆，到了八九十年代，我们同是因为家庭原因，相继移居美国，只可惜他在纽约，我在旧金山。虽常通电话，但大不如在北京时想见面随时可见，想长谈可彻夜不眠了。我们还是离不开文学，因为他的声望和魅力，仍有不少朋友鼓动他办报办刊，而且每有所请，他都与我电话商量，但由于文化、理念、情怀和价值观的种种差异，虽也努力过，还是尚未起步就坠下马来。但终生为文，岂能停得下笔？已届老年的他还是陆续采写出版了《精彩人生：美国华裔名人写真集》《美国奋斗：赵小兰政坛传奇》等著作。21世纪初的某年某月，为了看久别的思升兄和其他朋友，我飞到纽约，相见相拥后，见他仍是那样挺拔潇洒，我不禁两眼喜泪……在他居住的老年公寓里，我们重温了几十年来习惯性的不竭长谈，之后，他又约请纽约的王鼎钧等作家朋友在一家不小的中餐馆餐叙，没想到这竟是我和他见的最后一面。2020年夏天，纽约成了新冠疫情的重灾区，我放心不下他的安危，几次电话未接，发微信不回，无奈中给他留了语音。几天后，其爱女胡冰替他回我语音，说他做了个肾结石手术，一切顺利，让我放心；等他恢复些，我们可以一周通一次话，免得彼此牵挂。我等着、等着，终归没等来他的电话。

悠悠60年的相识相知，我见过他曾经的耀眼辉煌，也见过他难言的蹉跎与无奈，但却未能见他最后的岁月，未能送他最后一程，怎能不让人悲怀长吟……

目 送

已经是第五天，要么烟云缠绵，要么细雨如酥，太阳总不露面。望着天上云雨，揣摩香港的云，领悟香港的冬天：

> 香港的云
> 　　　丝丝缕缕，无眠无尽。
> 有时，它退入天边
> 　　　给苍穹写出响亮的湛蓝，
> 倏忽间，又挥起如椽巨笔
> 　　　为苍穹绘出冥冥精魂……
>
> 它没有暖暖白絮
> 也少有如铅的黑沉，
> 常常听到它梦游般的叹息，
> 摘下一朵
> 　　　——攥出一把酸辛的泪痕。

想起北京的冬：要么北风呼啸，风扯乌云；要么冬阳洁净，天空蔚蓝；要么风卷雪浪，雪压青松。

或许，这就是南北性格的隽异：一方高天阔地，大起大落；另一方水影婆娑，缠绵湿远。但不管如何不同，它们都在为远走的灵魂以泪送行，以风悲歌。

在这浩浩西去的生命中也有我的老友杜遘。

我们曾共同供职于内蒙古河套地区的一家地方报社——《巴彦淖尔报》。不同的是，他出身于世代贫农，上大学时就入了党，理所当然地成为报社革委会副主任；我则因为种种资产阶级头衔从北京《人民日报》下放到那里。是因为天高皇帝远，还是因为他的性情襟怀？他同我和从北京、呼和浩特分配来的大学生同进退，共休戚。像同班同学，像年轻玩伴。他从小在大青山里为地主放牛，尝尽苦辣，经历丰富，最善于讲当地民间故事。一有空闲，大家就起哄挖他的故事，特别是毕业于北京大学政治经济学系的李延龄有空就鼓动说，"老杜，讲个灰故事"。

老杜每每听到这要求，就笑眯眯地鼓鼓嘴，拉起他的大青山土腔土调，悬念迭起地讲起来。故事主角不是他二大爷，就是他二大妈……李延龄一是爱笑，二是笑大了就流眼泪。往往老杜的故事还没讲完，李延龄已经泪流满面……于是，无论生活多么艰难，这位领导总能使我们放松舒展。多年后，老友相聚时大家还是不忘说，"老杜，再讲个灰故事"。老杜仍然不负要求，开腔讲起，而且绝不重复。

少年吃苦，养成他一副天然的乐观心态，一次说起那年冬天放牛的事："……风越刮越大，山上的干枝枯草被风吹得不断地跑，还没吃饱的老牛急着在后面追啃。它的嘴急在前面，后面的屁股却急出了屎。我一见那热气腾腾的牛屎，紧跑几步，就急急忙忙把冻僵的脚伸到稀软温热的牛粪里……"

"那你的鞋，不怕脏？"

他胳膊晃了晃就给了我一拳："就你知道干净！爷，爷哪有鞋，爷是赤着脚放牛的。"

…… ……

自幼劳作使他有一副孔武有力的身躯，他的习惯动作就是见人掰手腕，当然没几个人扳得过他，他可不是魁伟健壮的空架子。听说他还在上大学时就参加了第一次全国运动会，并且拿到了不错的名次！因为有这副身躯和用不完的力气，加之他的热心助人，谁家有需要力气的活儿，如垒墙脱坯、开窗打灶等重活儿他都抢着干。不记得是因为什么了，正是"文革""军管"一年的春节，军管会下令年假期间一律不准离开当地他往，我们大家都在当地过年。正是票证时期，刚刚成家的我们大多还是两口之家，两人的肉票定额加在一起也不过一斤左右，油的定额更少。这样，那几两肉的价值就更重，不仅希望可以足斤足两地买到，还希望能买些肥肉，以便炼出些猪油日用。可年关将近，排队买肉的人如潮如涌，买肉就成了每家每户的一件大事。又是老杜，一大早就来到我家，他不坐不喝茶，只是张开大手道："把肉票拿来。"

我自然不怀疑他是来抢肉票，可……

"看我干甚？爷知道你们不行，爷已走了几家，把你们的肉票通统给我，爷去排队，也只有爷能完成这伟大的任务！"

看他神态，听他的豪言，我俩都大笑起来。快到中午时，他才提着那点猪肉回来。肉是不错，还有一些白膘，可他也早已不像早晨那副神采。他坐下就大口喝茶，接着，抖了抖他那件当时最讲究的铁灰色的卡新制服说：看看，我这件新制服，五个扣子掉了三个……

"就为这点肉？"

"哪呀？你家，老贾（即如今海内外著名美术批评家贾方舟）

家，小梁（梁衡）家。"

我们几个至今说起来，还为他的仗义"牺牲"又笑又敬又怀念，怀念这位一直护着我们的兄长，怀念那段远逝的岁月。

又一年的初夏黄昏，北京已该满池荷香，塞外边城却还春意方浓。我俩在盟委招待所吃完会议晚饭后，沿着巴彦高勒镇的唯一主路走着回家（盟委家属院）。路经街心小花园时，突然飘来一股花香。我四处寻觅，见那平日枝枯叶稀的沙枣树竟蓬勃起来，而且在翠绿枝叶的烘托中长出黄绒绒的花团，花虽不艳，却清香魅人……

我凑近细看，自说："没想到，没想到……"

"……你没想到的事多了"，他笑看着我："以为就你们北京才有花？我们塞外的花虽不多，却实打实的，就是一个香，实实在在的香……"

我正要答话，他却被东升的圆月吸引了。只见他怔怔地醉醉地看看它，平日那或调侃或嬉笑的神态已踪影全无，半晌，才喃喃低语说："月亮又圆了，我已经两年多没回家看'哦大'（我爸）了……他已经七十多了，身子又不好，谁知……"

"……好在你离家近，方便得多。我爸也六十多了，又离得这么远……"

我们接着就算起日子来：就算每年能有一个月的探亲假，每年都能回家探亲，减去往返日程三天，每年能陪父母的日子也就27天，即使他们都能活到80岁，能在一起的日子也就三百天左右……

难得的花好月圆之夜，我们却沉浸在叩问生命与亲情的惆怅之中。我这才发现，他不仅有孔武有力、嬉皮调侃、仗义重友的一面，还有粗中隐细、俗中蕴雅、诗心悯人的一面。他的确常在诗心鼓荡中振笔挥诗，先是民歌体、爬山调，后就新体诗、古体诗奔涌而来。20

回 望

世纪70年代末，随着"四人帮"倒台、"文革"终结，我们这些被"文革"风雨从四面八方刮到此地的人们陆续流动起来，最先离开的是梁衡。感于挚友调离，杜逯写了一首《临江仙》：

> 南浦忆旧意难宁，悔我晚识挚朋，念欢难佳语相共！恨相逢促促，惜此别心空。
>
> 期志在万里鹏程，学做卧海蛟龙，翌年浩宇展飞鸿。天涯海角远，记我相思情。

岁月流转，梁衡的确不负老友厚望。多年后，著作丰盈。杜逯也事遂所愿，至90年代，将这里的文化事业搞得鲜花满园，还创作出版了多部诗集。

虽然从诗从文，却是本色不变：讲故事和爱运动。不管多久相见，见面后他总有新故事用他那大青山的土腔土调讲得我们大笑不止、回味无穷；不管何时何地相见，他的第一个仪式永远是伸出手来掰手腕。他的习惯则是每天必须跑至一万到两万米，否则就不能入睡。一次他聊起带呼和浩特市歌舞团乘国际列车去俄罗斯访问演出的事，我突然想起他必须坚持每天长跑的习惯，有意难为他说："从呼市到莫斯科，火车要走多久？"

"一星期。"

这回你的长跑不能坚持了吧？我暗想，这回可"将"住了他。

他笑了笑："爷照跑。"

"怎么跑？"

"沿着车厢走廊跑啊！"他笑得更加开心。

…… ……

想不到，这位虎背蜂腰、长年坚持锻炼又寓慧于乐、寓雅于俗的诗人老友却于十二年前患了阿尔茨海默病。我们每去看他，除了没忘见面掰手腕的仪式（他还是每次都把我扳赢），已经认不得任何人。再要说话，就是我说我的从前当下，他聊他的幻觉世界，而且是用他压低了的大青山土腔土调，我们什么也听不懂。方舟说：他在他的世界里，其实也许过得很快乐。或许如此？但我们每每离开他家，都不能不蒙上一层更深的悲哀，为人生，为无解的命运之谜。

不能不痛不悲的是，病毒对这样一个生命也不肯放过。在新冠疫情横扫京城的凄风苦雨中，他已于 2022 年 12 月 20 日，驾鹤西去。接到方舟传来的这个噩耗时，我正在香港，湿云哭雨中，难禁悲情，踱到海边，遥望北方，只能赋诗一祭：

　　　一秋一世半生哀，半生诗心写情怀。

　　　大青山中一棵树，渡尽劫波绿蓬莱。

故人的诉说

人生真如一条河，无论是险滩激流还是清且见底，总有众多人群星星点点的友人挨挨挤挤地会集一起，沿着或宽阔或狭险的河床流向不可知的远方……不知过了多久，在一个来不及意料、来不及想象的环境、空间他们又相遇了，那惊喜那感怀真如欧阳修所咏"白发天涯逢此景"，"今日相逢情愈重"。

2014 年 11 月 14 日，在南昌大学礼堂里，人烟济济，乐曲高扬，首届中国新移民文学研讨会正在举行。研讨会期间还举办了颁奖仪式，念到获取杰出成就奖得主时，严歌苓、张翎、虹影、陈河、刘荒田、陈瑞琳等一个个我熟悉的面孔出现在聚光灯下；当获得优秀创作奖得主站在领奖台上时，被安排在特邀嘉宾席上的我不禁凝聚双眼，紧盯着台上那个高大英挺、面目谙熟的叫作林楠的人，看着他，眼前倏然迭出一串模糊又清晰的影子，岁月与时空的流转，都市繁华与西部苍凉的更迭，几十年的人生碎片在人声喧哗、灯影闪烁中急剧闪现：虽然胖了些老了些，这不明明就是当年的赵正林吗？他怎么会叫林楠，而且来自加拿大？当他走下台后，我轻轻喊了一声"正林"，他"嘣"的一声坐在我身边，两双手紧紧握在一起。那几天，无论会议间、郊游时，我们总是回忆着，问询着，时时徜徉在过往岁月那些事那些人中，陷于"忆昔西都欢纵。自别后、有谁能共"的意绪里。

我们的西部却非欧阳修的"西都",生活中也少有"欢纵",更多的倒是苦涩和无奈。"文革"伊始,我就被从人民日报社"发配"到内蒙古巴彦淖尔盟杭锦后旗(县),在旗里唯一的文化单位晋剧团做编剧,之后又成为巴彦淖尔盟(地区)晋剧团编剧。记不清是为了庆祝什么,我受命写了一部大型歌舞剧《五洲风雷》,因为场面大、角色多,由歌舞团、晋剧团联合出演,在这个剧目中,我不仅做编剧,还要做导演和幕间朗诵。也是因地域偏人才少,这部戏竟轰动四方,观者如云。只记得一天晚上谢了幕,当我从侧门走下台时,一位高大英挺的男子,领着一高一矮(高者如芭蕾舞者,矮者小巧玲珑)的两位姑娘走上前来,他们先是热情祝贺,之后那男子自我介绍说他们是乌海市乌兰牧骑的,他是队长,名赵正林,那如芭蕾舞者是导演加演员,那小巧玲珑者是他们的扛鼎演员。因为同属巴盟,以后无论或会演或巡演常常能看到彼此的演出。或许因为乌海是个煤矿城市,外省人多,以工人为主,比之其他以农牧业为主的旗县乌兰牧骑,他们的演出总多了些城市范儿,多了些"洋气"。常常地,一身潇洒的赵正林往往独立舞台,挥动弓弦,独奏出一曲曲小提琴曲;有时,那位身形修长的女导演又会伴着他的琴声舞出一段难得见到的芭蕾,看着她的舞蹈,总让人想到漠野孤鸥的孤绝与无奈……令人惊叹转而担忧,在这大漠长烟的塞外,一次演出中,正林竟长发飘荡、双目沉迷地奏起一曲马思聪的《思乡曲》!台下掌声雷动,台上的他频频谢幕,然而观众席中的我却为他捏了一把汗。万幸,那夜只有掌声,此后也平安无事,我不能不为他感谢那边城的遥远,感谢那紧卧城郊的乌兰布和大沙漠的宽厚相容。

回 望

……光阴荏苒，世事变幻，20世纪70年代末，我终于回到北京，重新回到我钟爱的文学编辑、写作岗位。80年代中，正林也来到北京，从事《桥》杂志的编辑工作。90年代中，在一次诗人、作家聚集的餐桌上我们又相遇了，他告诉我，他已经调入中国作家协会。后来，因为彼此都忙，虽然同在一个城市，却再无联系，也再不知他以后的事情。90年代末，为与家人团聚，我移居美国旧金山。或许因为已入甲子年的心境，或许因为地域的跨越、世事的更迭，昔日老友们也就一个个失散了……

我从回忆中醒来，这才想到还没祝贺他获奖。他谢过我的祝贺后，从挎包中拿出一部厚厚的《彼岸时光》送给我，说谢谢，这就是向老兄的汇报。翻着那部署名林楠的大书，我眼盯着他，好久说不出话，之后才开口道："你——，我欲言又止。"

他似乎看出我的疑问，笑笑说：是，林楠就是我，到加拿大后改的名字。

我没问他何以改变名字，因为我知道，但凡变动什么总该是有什么缘由的。我只是有些遗憾和惊愕：因为美国和加拿大相邻，从事中文写作的人也许从未谋面，但文字往还相互阅读是常有的事。记得在旧金山出版、由我挂名副主编的《美华文学》上曾常被林楠那清新隽永的文字、精彩飞扬的阐发打动，不记得他的一篇什么散文还得过《侨报》的奖项。后来，还有人告诉我，说此人就是加拿大《神州时报》的总编辑。可无论如何也没想到，今日加拿大的林楠就是往日内蒙古的赵正林。

"你哪年去的加拿大？如今——"

"同你一样，也是为了全家团聚。"他似乎已经知道我要问的话，直言两个女儿都各自在美国、加拿大结婚生子，他们夫妻俩都老了，只好去投奔孩子们。

他的确变化不小，当年风流倜傥的小提琴手如今已经有些发福，声音苍老了许多，一只耳朵也有些发背。岁月熬人，年光无情，这，就是人生……故人重逢，怎能不生出种种感慨……

会议结束后，我们相约北美见，接着，他去了广州，我绕道回了北京。

从作家文野长弓写他的一段文字得知，他"旅加期间，积极传播中华文化，热情创办文学副刊，倾心提携文学新人，为繁荣华文文学事业做出了贡献。近年来，其文学创作和文学活动日渐为社会瞩目"。四十年后再相逢，我们都已经到了古稀之年。有人说，老年人活在回忆中；有人认为太消极，主张老年人也一样应该面向未来。然而不管怎么说，生活既然难于砍断，回忆也自然难于消失，但愿他将自己的生命之泪生命之火化成文字，洗涤人间的悲苦，照亮生命的未来。

二　妹

"……大舅，我妈……"

"怎么了？"我急问。

视频中，外甥孙逊眼睛、脸颊憋得通红，还是没把真相告诉我，他只说，他妈挺好，眼睛、脸颊的红是晒的，渥太华雪后的阳光太强。

家人怕我受不了这突来的噩耗和伤痛，几天后，弟弟才向我渗透了二妹离世的消息。第二天早晨，外甥也才镇定了自己，详细叙说了二妹离世的前前后后。

这的确是我没想到的，因为就在十多天前（癸卯年大年初二），二妹还从渥太华透过视频报告平安，并祝当时在香港的我们癸卯年新春快乐。视频中她只笑笑地说了几句话，见她身子总是晃来晃去，我问她怎么了，她说要去卫生间，于是将手机递给妹夫，让我们多聊聊，没想到，这竟是她安排好的与我最后的道别……

"跟您视频时，她已站不稳了，"外甥解释说，"近几个月，她的病恶化得特别快。怕你们担心，每次视频前都先服完药，站稳后，才强打起精神，向你们报喜不报忧……可她只能在你们面前强撑，实际越来越撑不住了，急剧消瘦，几乎是皮包骨头，因为太重自尊，最受不了常常尿床；因为心疼我，最怕我太过劳累……"一阵阴影遮蔽了

214

我的意识：

还是去年的一个夜晚，二妹发来视频："哥，好消息。"

我的心一阵清亮："你的病好多了？"

"倒还稳定，我说的是，加拿大政府已通过了安乐死的法律，只要本人申请，家属同意，经医生审核通过就可以执行……"

我强抑着失望和气恼："不要净想这些，人家霍金患这种病多年，身体脸部都变了形，照样研究着宇宙人生。医学发展越来越快，说不定你的病就能创造一个奇迹。你满意儿子的孝顺，又担心他负担太重，不妨写写日记，记录一下你们的平常日子，省得你整天胡思乱想，也留给小弟弟（外甥小名）一笔财富……"

见我不理解不支持，她答应着，换了一个话题……

"我咨询过医生，医生说帕金森病能坚持18年，绝对已经是奇迹，以后只能越来越糟糕。我妈听完后，千方百计说服我们，最后决定施行安乐死……最后一顿饭，我做的清蒸鲈鱼，几样青菜，她吃得比平时还多，之后，我帮她洗了澡，但她没穿我们给她买的新衣，而是挑选了姥姥生前给她改做的她最喜欢的那件衣服，和大姨送她的一件毛衣……然后嘱咐我们：不举丧，不办仪式，烧完后，把骨灰先存放家里，等我爸百年后，将他们的骨灰一起撒在渥太华国家公园，她说她最后这些年在渥太华过得最安适、最惬意，尤其喜欢国家公园的宽敞、宁静，有山，有里多河、运河，还有号称'渥京第一瀑'的瀑布，最重要的是在我们身边……"开始，外甥强忍悲情，说得平静，我也尽量不让他看到我的泪水，终于，泪闸关不住，我们跨洋大哭……

二妹的临终安排是她生就的性格。她生得好看，一生好美、好干净，却因少年生疮，头发不好，这成了她终生的遗憾。或许正因为这个遗憾，她越来越追求完美，成了一个真正的完美主义者。她读高中二年级的时候，"文革"已经如火如荼。

那时，我收到前往内蒙古巴彦淖尔盟杭锦后旗的指令，听着这个陌生又边远的地名，虽知者不多，也能想象它的荒蛮和恶劣。一个细雨霏霏的日子，大妹早已随工厂迁往三线，二妹和弟弟要上学，父母遂带着小妹去前门火车站为我送行。火车开动，眼见母亲身子摇晃，幸亏一位赶来送行的朋友急忙扶住，才没倒下……从此，大妹和我——父母长子、长女的安危就日夜悬在他们心上，母亲也从此养成了天天听天气预报的习惯，只要听到西北方有大风大雪的报道，她就遥望西北，望着西天的乱云，或是坠落的落日，总是担心她的一双儿女又遭了什么冻馁，或是她想不到的什么苦难……分担父母的忧愁和牵挂就成了身边最大的孩子——二妹的责任，是啊，一个完美主义者怎能忍心天天看着父母的忧愁而无所作为！她终于等到了一个机会，先去了大妹工厂所在地——陕西省兴平县，见大妹那里工作、生活都很平顺后，又一路东北，直奔我所在的杭锦后旗旗府陕坝镇。其实，我并没遭到任何风险。那时北京的"文革"虽已风起云涌，杭锦后旗却还在人心惶惶不知所为的状态，此时此刻，忽见一个从《人民日报》下放来的人，人事部门很是为难：因为旗县级没有报纸、电台，最后只好暂时把我安排到文教科。因为人人不知未来的运动将烧向哪里，也就人人点卯旁观，我一个外来人，更是人不管我、我不管人，每天悠哉游哉，二妹见我一切尚好，住了两天，也就想早些回家向父母报告平安了。

她像完成了一件重大使命，送她回京的那个下午我们特别轻松。因为陕坝不在铁路线上，要乘火车，所以我们必须去 30 千米外的临河火车站。那天下午，我借了一辆旧自行车，车把上挂了些已记不清是什么的土特产，后座驮着抱着旅行包的二妹，我们一路聊着闲话，骑上黄土公路。从太阳西斜到夕阳西下，从陕坝直奔临河，送她登上车厢眼见火车东去后，我又披着惨淡的月色，一路骑回陕坝。那是兄妹贴心的悬挂，那是如今已经天人两隔的同胞相依的亲情……十几天后，父亲和她一起寄来使我放下心来的家信，她高兴地转述父亲夸她的话说："我这二闺女给家里立了大功！"

兄弟姐妹总是相依相倚，她高中毕业时正赶上"上山下乡"的高潮，因为我和大妹都已下放外省边远地区，经父亲申请，她被分配到北京陶瓷厂。虽在远郊清河，又每天抱着大瓶大罐清洗，她这个爱干净的人，从未觉得辛苦。日子久了，发现厂里还下放来好几位工艺美院的老师、学生，爱美的她和他们成为好友，为了冲淡家里的愁云，那几年，每天不管多晚回家，她都笑着红扑扑的脸，说着工厂里有趣的人和事。

岁月更迭，已经到了青春时期，她最快意的事是每到冬季去什刹海滑冰。每到滑冰尽兴、她背着冰鞋回家，绯红的脸上总是挂满笑容，后来她告诉我，不知是因为她花样滑冰的身影，还是她的资质容貌，总招来一些男孩子的追缠，我知道，一个完美主义者是不会接受冰场男孩们的追求的；之后，她还相继与两位新华社记者交过朋友，她是为什么又如何回绝他们的，她从没细说过，但我知道，走近如她这样的完美主义者的身边总是不易的。她最终选中的终身伴侣，还是第一代女作家草明做媒促成的。

二妹夫的确比较优秀，人品好，有成就，是中国农科院一位高级研究员，中年时，就发明了一种能在高寒山区高产的小麦新品种，曰"小黑麦"。由于他的资望、成就和人品，二妹后来调往农科院财务处，从此，她过上了岁月静好、相夫教子的生活。

然而，做一个完美主义者的儿子着实不易，外甥孙逊是个天真活泼、淘得出圈的孩子，可在她的严管苛求教育下，终于成了一粒读书的种子。他毕业于北京理工大学，2002 年以享有全额奖学金的优异成绩，考取了加拿大卡尔顿大学化学系博士研究生，2009 年博士后工作期满后留校任教。

二妹似乎可以舒一口人生跋涉后的长气了，然而，即使是完美主义者，其命运也难完美，就在儿子读博士的第二年，她得了人间顽症帕金森病。开始几年还好，只是每次起步腿脚不听使唤，后来就愈加严重。好在他们已经双双退休，儿子也已成家立业，他们夫妇于是过起使不少人羡慕的、往返于北京—渥太华的候鸟式生活，可几次往返后，二妹的病情越来越重，以致六年前离京时，只能坐着轮椅登机了……我知道，她再回京不易了，于是商定，等疫情稍好些，我们去多伦多、渥太华，分别与大妹（大妹早已与女儿定居于多伦多）、二妹团聚，没想到，她不等了，或者说，无力再等了，这真真确确地成了我们的终生遗恨……想着她，想着她的一生岁月，我只能：

　　　　青春有憾晚来晴，相夫伴子享渥京。
　　　　无奈病魔缠磨紧，决绝尘世步圣庭。

从她的作品，我看到了生命的无涯和幽冥
——浅议旅奥女艺术家刘秀鸣的绘画与雕塑

追寻，是艺术家的天性与宿命；创作，是艺术家系情、系心、系命之所；模仿与重复，永远是真正艺术家拒之门外的访客。奥地利华人女艺术家刘秀鸣大抵是这样的人。她原已在国内完成了中国传统绘画的高等教育学业，之后于 20 世纪 80 年代末赴欧留学，先是就读于奥地利维也纳实用艺术学院，在玛丽亚·拉斯尼克教授的指导下开始了油画学习，两年后又考入维也纳美术学院，成为维也纳幻想写实主义画派创始人之一阿里克·布劳尔的学生，1993 年获硕士学位，至今作为一名职业画家，继续生活和创作于这个世界著名的艺术之都。

一位生于东方长于东方的青年学子在西方学习艺术，在当年其生活的艰辛和艺术路途的坎坷不是任人可以想见的，然而，正如米兰·昆德拉所说："最沉重的负担同时也是一种生活最为充实的象征。负担越沉，我们的生活也就越贴近大地，越趋近真切和实在。"对世间的感知、对人世悲欢情愁的体验，总是艺术家抓捕创作灵感的动因和创作冲动的因子，许是她深知世间艰困却欲罢不能地脱不开内心情感的起落激荡，《戴面具的女人》《思索的人》和那些各形各态的"人们"形成了刘秀鸣毕业后的早期作品系列。读着这些迷茫的、静思的、孤独而期待的面孔，想象着现实生活中不期而遇的冷酷、温馨、

嫉恨、善良……那神秘变幻面具后面掩藏着的真挚或虚伪的情感、脆弱与渴望着的生命，为了抵御世间寒凉，人们最终拥抱在一起的短暂的温馨传递，我们似乎已经触到艺术家激跳、孤独而悲悯的心，尝到她苦涩、甜润的泪。然而，这不是无力的乞求和哭诉，却是剖解是警示是呼号：人们啊，我们同是被那个无形的庞然大物抛入洪荒大野的同类，少些自戕自残，少些抛离抢掠，让我们互相呵护互相温暖互相去爱吧！这都是艺术家通过色彩、线条和独特的造型发出的心音！

　　如果说，这个系列的作品还更多地偏重于形而下的感怀，那么，《云》的系列则逐渐飘向形而上的思索。德国评论家布哈特施密德教授曾在评论她《云》的系列作品时这样写道："云，是的云！众多的比喻把它比作灵魂。"可以说，这位评论家是刘秀鸣的知音，你看！那画面中蓝的云、红的云、灰的云以及色彩交叠的云……浩瀚中透出从容，宁静中透出典雅，绚丽中透出深沉……继而，云在搅动、伏荡、撕裂，这或是源自突来的风的剿杀，或是雷电炸响的冲击？画家原是以云暗喻万物莫测的灵魂，以云的变幻来呈现自己内心深处的灵幻奇变。

　　她将目光回落到万物之母的大地。在那里她见到了生命：那虽然一身孤傲却"永无终止"奔跑着的白马；那一片红云烘托下雍容漫步的"火凤凰"；那茸茸绿草中可爱的"跳绳的女孩"；那冰河初放中惊跳的"呐喊的鱼"……她歌吟着生命，并试图寻找生命起点和终点的至高到至深……也许，那现实是她用画笔难以描摹和企及的生命奥秘的幽邃？

　　她不肯止步，又将笔触投注到《另一种空间》，投注到更博大的心中的风景，从地心到地表，从大地到苍穹：那鼓荡的地底岩浆，那深层岩块的挤撞迸裂，那欲补难缝的地壳断裂，那高远幽冥的天穹，那妖娆妩媚的虹霓，那万籁俱寂的短暂的宁馨……她将她的心，她的色彩，她的画笔，投入更大生命的歌咏中。在这巨大的交响中，我们看到了她的礼赞、她的惶惑、她的悲悯……她在呼唤人们膜拜大自然，敬畏大自然的同时，何尝不在提醒人们，要一样地崇仰生命，尊重每一个生命！

艺术家的思绪跳荡着。在礼赞大千世界的生命交响中，她情不自禁又将激情投入人类，于是她笔下的人物由静到动，由个体到群体，于是，创作出《莫扎特曲逃离后宫的联想》《戴面具的舞》《永远的探戈》《最后的华尔兹》……这一定是源于她生存的音乐之都维也纳的生活联想，然而，艺术家的联想往往是世界的、人类的。《永远的探戈》让舞蹈着的人们告诉世人：其实人与人、男人与女人的关系永远是亲近又疏离，既结缔又相互排斥；《最后的华尔兹》从色彩的神秘氛围到人物朦胧的表情间，都透露出种种梦想与企盼……这深沉的一笔无须掩饰地流露出艺术家的悲情与对现实生活的矛盾心态。

随后，她以更新、更富张力的想象通过画笔投入又一系列的"新风景"。原初的大地做出了新的解构和重构：在浩瀚神秘的天宇间隐隐出现了支撑着天与地的"擎天柱"，或许，这人为的柱子是幻化的、虚无的，却是艺术家此一时期追寻或寓意的图腾符号……这是一种超越，是刘秀鸣融西方崇尚的外在超越与东方崇尚的内在超越于一体的哲思与诗情，她希望以这样的"神柱"来重组这不如意的宇宙，希望这"神柱"给生命带来新的天地、新的秩序、新的人文情怀。

五六年前，听说她暂搁画笔，开始了石雕和琉璃雕塑的实践，我先是惊愕，后又为之惋惜、生疑，待看到她一件件完成后的作品才渐渐明晰：她对艺术与生命的追寻，始终凝聚于内宇宙与外宇宙的回环往复中，虽然形式有变，创作思路却已从《离骚》超拔到《天问》，

回望

从对大宇宙的追问到对人类原初生命的幻想和究问：石头从宇宙洪荒中走来，经过几万几百万年的电光石火风霜雨雪的淬炼，它们自然最懂得生命的历程、使命和思考，它们更不知积聚了多少话语，要向世人诉说和质询，于是，这一块块来历不凡、形状各异的石头，在刘秀鸣的雕琢打磨下，各自有了或智慧或灵异或深沉或恬美的生命……它们质询着什么？思索着什么？惊异着什么？欣幸着什么？又期待着什么？……艺术家和欣赏者自会有自己的答案。

令人惊喜的是，近年来，她打破绘画与雕塑两种艺术笔触的界限，以绘画的独特色彩附着于雕塑，以雕塑的石质质感蜕变于绘画，在她一幅幅全新的人物中加入了更多关于喜悦与灾难、真实与虚幻、远古与未来的种种思考与究问……

诺瓦利斯说："哲思原就是怀着一种乡愁的冲动到处去寻找家园。"刘秀鸣这位直接受过维也纳幻想写实主义画派熏陶和启迪的画家，天性浪漫多思、娇弱清幽。她不大谈哲学，但从她的作品中，却处处印证了诺瓦利斯的这番论述。然而，她的乡愁已远不是一己的乡愁，她要寻找的家园也不只是她一己的家园。她的乡愁是人类的，她要寻找的家园是宇宙大生命的精神家园。刘秀鸣的风景作品多以绚丽而凝重的色彩和鸟瞰般的视觉构图，向观者展示着一个艺术家在幻想与真实之间的往返游荡与无终的思考，就是在这穿行往复中形成了她独特的审美追求，以及对自然和生命的理解和艺术表达。

"安乐"的道别……

我不识星相，更不懂命相，可在癸卯年春节前后，却连续迎来两件"诡异"又伤痛欲绝的事。

2022年12月18日晚10点29分，女画家刘秀鸣从维也纳打来一个电话，电话中气若游丝，说她刚出院，化疗加放疗，身体很衰弱，电话只为让我放心，并祝我们一家在香港过个快乐新年！

我们是四十多年好友，原是我供职中国青年出版社时的美术编辑，后去维也纳美术学院（原皇家美术学院）留学并获硕士学位，因其作品成就斐然，已成为维也纳幻想写实主义画派传承人之一。多年来，她因创作、画展往返于欧亚两大洲，并先后在清华美院、中国美术馆、首都师范大学、中国传媒大学、河北师范大学、燕山大学等校讲学且被聘为客座教授。

12月29日晚10点18分，因我没听到电话声响，她发来微信问候，说等身体好些，会发视频。

2023年1月14日晚8点23分，我们通了28分钟电话，她声音更加衰弱，她说她又读了一遍我写她的艺术与人生的文章《从她的作品，我看到了生命的无涯与幽冥》，期待着身体好些后请合适的人选译成英、德两种文字，之后，发来一首侯怡帆演唱的《一百个祝福送给你》，青春、欢快、倾情。

回 望

2023 年 1 月 19 日晚 9 点 46 分，她发来多明戈和考夫曼重唱的《你是我心中的挚爱》，深情、向往、怀恋、忧伤……

2023 年 1 月 28 日，突然收到她用中、德两种文字写来的道别语："亲爱的大家，抱歉，我不想多打扰，只想道别，我走了。感恩所有在我的生活和艺术生涯中陪伴过我的人，享受你们的人生，因为就只有一次！你们的秀鸣……"留言的左上角和右下角，分别有她长发低首的照片和身披白袍的速写自画像，面目不清，不知是在垂泪、在思索，还是诀别……含蓄，隽永，象征……她作品的风格……

我僵坐沙发里。蓦地，她陆续说过的话响在耳边。

……我突然被查出晚期肺癌，紧贴脊骨，已不能手术，也不能画画了……这是两年前的一个晚上，她从维也纳打来的一个电话。

还在惦记她的画！我知道，她视画如命，不画就觉得生命失去意义；以现代医学技术，总能有办法吧。我试图安慰她，也安慰自己。

……医生说，只能放疗和化疗。

……那就听医生的，保持好心情。

……我刚出院，身体很弱……不过，有个不错的消息：只要有四位医生签字，奥地利已允许安乐死……这是她在去年秋天一个电话中说的。

……别想这些，你是一个能创造奇迹的人，比如你的画、你的雕塑。我就不信你不能创造一个转危为安的奇迹……秦怡早年也患过癌，人家居然活到百岁……

她苦笑笑：但愿……

一个可怕的阴影爬来，于是拨通我们共同的老友、著名美术批评家贾方舟的北京电话，他说他也刚收到她的道别书，正为和我同样的猜想而痛惜。我于是打她维也纳的电话，忙音久久，连续拨了两次，依然忙音长长，再没有我熟悉的衰弱的应答……蓦然想到她的丈夫，一位高大健壮、长着一副歌德式鼻子的奥地利绅士，或许他正埋在悲哀中，或许正为爱妻料理后事。他不懂中文，他知道，即使接听，也无法对话，此时的他或者已经不接任何电话，这一切都证明，她已离开人世……她，真的走了。

于是我们过年，悲喜参半的年。

2023年2月1日（旧历大年十一）晚10点57分，已经六年多不见的二妹从渥太华发来视频，因前几天刚通过话，我猜这只是亲情怀念，拜个年，互道祝福。话没说几句，因见她总是晃来晃去，我问她怎么了？她说想去厕所，就把手机递给妹夫，让我们多聊聊。聊了一会儿，也就相互祝愿，道别，心想反正随时可视频，可说话，没多说话也无妨。

2月14日早10点多，外甥（二妹的儿子）从渥太华视频，此时我已回到北京。见他眼睛、脸颊红红的，刚说了一句"我妈……"就转移了话题，我问他脸颊、眼睛为什么这么红，他说渥太华雪大，雪后天大晴，晒的……我接着问二妹情况，他只答了一句"挺好"，就嘱咐我注意身体。第二天晚上，弟弟告诉了我真相：二妹已于五天前告别人世，施行了安乐死……因怕我受不了这突来的噩耗和伤痛，谁也没敢跟我说，包括外甥在视频中。

……还是18年前，二妹得了帕金森病，开始还好，不过是走路起步时费些力，后来就日渐严重。好在几年后就从中国农科院退了休，于是，已在渥太华卡尔顿大学任教的她的独子就接他们夫妇去那里定居。在她尚能走动时，她和妹夫曾过了十多年人人羡慕的候鸟式生活——北京、渥太华来来往往，各住一段。六年前，她的病已越来越重，以致最后一次离京时都得坐轮椅登机。此后，我们的联系只靠视频了。但每次视频她都报喜不报忧，说那里的医生如何医术高超，她又服了什么新药，她的病情如何稳定……可有一个晚上，她以报告喜讯式的语气和神情说："好消息，加拿大已从法律上批准了安乐死……"

"不要胡思乱想，人家霍金得这种病多年，脸部、身体都变了形，还在研究宇宙，生命……要增强信心，无论对自己，还是对现代医学……"怕她乱想，怕她撑不住，我竟以教训的口吻打断了她。

二妹极富悟性，她当然明白我的心情，仅笑着改了话题，此后她还试图说过她的想法，但一张嘴，就又打住。没想到，不说不等于不想，她还是走了这条路。

2月16日晨，外甥在视频中详述了二妹从决定到诀别人世的情状："……我妈越来越瘦，几乎皮包骨了，站不稳，难迈步，每次跟你们视频，都预先吃了药才能站稳、说话，她最不能接受的是尿床，她受不了尊严的丧失……我多次咨询医生，医生说这种病能坚持18年，绝对已经是奇迹了，以后只能越来越糟……我妈听完后，千方百计说服我们，决定执行安乐死……最后一顿饭，我做的清蒸鲈鱼，几样青菜，她吃得比平时还多！之后，帮她洗完澡，但没穿我们给她买的新衣，自己挑了她最喜欢的姥姥生前为她改制的一件衬衣，大姨送她的一件毛衣，和自己买的一条裤子。穿扮好后，让我爸为她拍了一张微笑着站立的照片。她嘱咐我们：不举丧，不办仪式，烧完后，骨灰先放家里，等我爸百年后，两人的骨灰一起撒在渥太华国家公园里。她说她最后这些年在这里过得最安稳最惬意，她喜欢渥太华国家公园的宽敞、宁静，特别是那里的青山、运河、里多河和号称"渥京第一瀑"的瀑布……最重要的是，离我们很近。从始至终，她没流一滴眼泪。"可此时，我和外甥的泪闸却再难关上，我们相对的哭声已经再难止住……

癸卯年初，春天尚未到达，却相继迎来两次道别，遥远得见不到最后一面的道别——一个是同胞妹妹，另一个是多年老友，她们并不相识，一在欧洲，一在美洲，选择的行期前后仅隔十天。她们折磨着我，日夜不放，我不能不千遍万遍揣想着她们道别人世前苦痛的自我激辩自我抉择自我决断，而且终归选择了同一种道别方式——安乐死……

这是一个难解的谜思，一面是理智清晰，一面是悲痛欲绝的生命话题："安乐死"。它源于希腊文，即"幸福"地死去，以无痛死亡术让人无痛地告别人世。它早已存在于史前文明期。在原始社会，游牧部落迁徙前，为减少未来不可知的战乱凶险，常把老人、病人留在原地，让他们自生自灭。更有一些部落，竟允许儿子杀死父亲，以防他们临终的痛苦，并以此为孝道。其善良乃至孝道的用心可以理解，但其原始的粗鲁和潦草生命却不能不令人心堵。直至古罗马时期，这种生命潦草仍然存在：允许病人结束自己的生命或请他人助死；历史走到中世纪，基督教义成为判别一切的准则，教义认为所有生命都是上帝的赐予，故此，无论是何动机，由人来结束自己或他人的生命，都是对上帝神圣权利的亵渎和侵犯，绝对禁止！这虽是压倒一切的声音和权力，却仍然关不住哲学家们的思考和抗辩，柏拉图在其《理想国》中公开主张：一个人在得了不治之症后，有权借自杀方式终止自己的痛苦，此后，亚里士多德等也纷纷支持……文艺复兴运动更从根本上撼动了基督教的绝对权威，17世纪英国著名哲学家弗朗西斯·培根就大声疾呼，人们有权利自己掌握自己生命的全过程：或延长，或无痛结束，并在其著作中提到"无痛致死术"，说"长寿是生物医学最神圣的目的，安乐死是医学技术的重要领域"。所以，医生有时可以加速病人的死亡，使长寿摆脱衰老病痛，使临终摆脱最后的痛苦。20世纪初，更有人提出，一些身患痛苦而无望之病的病人可依据牧师和法官的建议，采取自杀或当局协助的方式早些结束生命。20世纪30年代后，此议愈益成熟，一些欧美人士率先提出安乐死，1936年，英国第一个成立了"自愿安乐死协会"，1938年，美国成立了"无痛苦致死学会"，1944年，澳大利亚和南非也成立了类似组织，此后，法国、瑞典、挪威、丹麦、西班牙、意大利、日本皆出现了类似组织。就我所知，至今，荷兰、比利时、瑞士、加拿大、奥地利皆以立法或半立法方式接纳并已允许施行安乐死。

这个与人类历史并行的生死法已经从史前到如今，它从人到神，从感性到理性，从现实到哲思……这的确是一个痛苦的选择和认定——因为人的生命只有一次，没有修改重来的机会！我能理出二妹最终选择以安乐死的方式道别人生的思路：历经18年帕金森病的救治和折磨，医生和她自己都知道并认可她已到了生命的极限，再生的路已不长，等着她的只是更惨酷的病痛和尊严尽失。她不能不想到亲人友人的悲痛和怀恋，但已顾不得了……为安慰我们，她以最后的坚强，不流泪，很从容，以艰难微笑的妆容留下最后一张照片后，毅然走上了施行安乐死的她睡了多年的卧床……她的确斩断了种种痛苦和犹疑，可我和我的家人们却不敢想又摆不脱，更不敢看她最后的遗照……

老友刘秀鸣的道别则更像她绘画艺术的主题——生命的无涯和幽冥。五六年前，她告别北京时还活力四射、一身优雅，只想着回维也纳后的创作和下一次回国的新作展览。直到两年前得了晚期肺癌，最苦恼的还是"不能回画室画画"。她没像二妹那样经受过漫长的病痛折磨，一直盼望着能够重新拾起画笔，可从我开篇拉出的她陆续给我的微信、视频，我看出她曾短暂地陷入哈姆雷特式的哲学命题："活着，还是死去？这是一个问题。"可是，十几天后，她以给众友人发道别信的方式下了道别的决心……我悲痛，又理解，因为她曾不止一次说过："我真的不怕死，不能创作了，活着也就没有了意义……"她清醒又决绝，她执行了自己的生之使命。可她的亲人友人们呢？谁都是孤独地来到这个世界，也孤独地离开这个世界，到最后，谁还顾得了其他！可我一样不敢看她留在道别书上的最后照片，特别是那幅她自画的自我速写，因为那凝聚了她一生直至最后的全部话语……

……一天黄昏，我走出家门，来到护城河畔，十几天前，曾经沉默的冰河已经碧水滢滢，缓缓东去，曾经硬扎扎直刺天空的枯枝已经柳润泛黄、桃花竞放，沉静的连翘也一身黄花，不声不响地在河畔眨着眼睛……自由的大自然最是恣意任性，真是想哭就哭想笑就笑想风是风想雨是雨！人类在岁月长河中跋涉了几万年，其自由恣肆岂能与大自然相比！如今，我们又获得了一个选择权，除能选择如何生存，还能选择如何死去，于是倡导安乐死。现代安乐死再无原始的善意的抛离，再无原始"孝道"的亲子弑父，而是以法律的保护、以现代医学的协助，帮助不治之症的患者无痛且不失尊严地离开人世，从这层意义上说，人类又获取了一个最大的尊严和自由。从这层意义说，二妹有幸，秀鸣有福，可留给亲人友人的，还是能解又不忍的悲痛。